曼陀罗影视馆

《女神探希娃》系列悬疑推理小说 14

Eternity Ring

遗珠血案

[英]帕特丽夏·温沃斯 著

樊炜玮 译

贵州出版集团

贵州人民出版社

图书在版编目（CIP）数据

女神探希娃·遗珠血案 / [英]帕特丽夏·温沃斯著　樊炜玮译—贵阳：贵州人民出版社，2018.8

ISBN 978-7-221-14710-3

Ⅰ.①女…　Ⅱ.①帕…②樊…　Ⅲ.①推理小说 – 英国 – 现代　Ⅳ.①I561.45

中国版本图书馆CIP数据核字（2018）第181094号

女神探希娃·遗珠血案

[英]帕特丽夏·温沃斯/著　樊炜玮/译

出 版 人　苏　桦
总 策 划　陈继光
责任编辑　陈继光　胡　洋
特约编辑　Echo
封面设计　源之设计
出版发行　贵州人民出版社（贵阳市观山湖区会展东路SOHO办公区A座）
印　　刷　长沙鸿发印务实业有限公司（长沙市黄花工业园3号）
版　　次　2018年9月第1版
印　　次　2018年9月第1次
印　　张　7.5
字　　数　150千字
开　　本　880mm×1230mm　　1/32
书　　号　ISBN 978-7-221-14710-3
定　　价　30.00元

她来了，女神探希娃小姐

《女神探希娃》（中文版）系列悬疑推理小说序

日本"侦探推理小说之父"江户川乱步曾说过："要写出堪称一流的文学作品，却又不失去推理小说的独特趣味，是非常困难的事情。但是，我并不完全否认成功的可能性。"不得不说，这种可能性在《女神探希娃》系列悬疑推理小说中得以完美实现。

众所周知，第一次世界大战和第二次世界大战之间这段时期，被称为是西方侦探小说的"黄金时代"。当时，仅英美两国，就出现了数以千计的侦探小说。阅读侦探故事已不仅仅是有钱阶级的一种消遣，下层阶级的人也竞相阅读起来，这无疑刺激了侦探小说作家们的创作热情。于是，密室杀人等罪案侦破题材被大家争相追捧，"谋杀案"逐渐成为了每一部小说必不可少的元素。人们热衷的不仅仅是善恶的斗争，罪犯的作案手法和动机才是被关注的重点。在那段时间里，侦探小说作家们绞尽脑汁，创作出了一部部令人拍案叫绝的优秀作品，不少别具一格的侦探形象也由此而诞生，并流传于世。

《女神探希娃》系列小说的作者帕特丽夏·温沃斯，一生亲历两次世界大战，历尽人间疾苦。她的丈夫在第一次世界大战的军舰沉船中丧生。为了养活三个儿子和一个女儿，帕特丽夏拖着病弱之躯，开始废寝忘食地进行创作，没想到一举成名，家喻户晓，成为英国密室杀人小说的开山鼻祖。是她，将密室杀人小说的模式发扬光大，使它成为最引人瞩目的一种推理类型。帕特丽夏也因此成为英国推理小说界的代表人物，与"侦探小说女王"阿加莎·克里斯蒂双姝并列。《女神探希娃》是帕特丽夏最为成功的系列小说，故事情节惊险曲折，引人入胜，构思令人拍案叫绝，赢得了英国民众的喜爱，在英国媒体《每日电讯》和犯罪文学协会举办的公众评选投票中名列前茅。不仅如此，该系列小说在美国、德国、法国、荷兰、意大利、葡萄牙等国家也广为流传，并跻身于各国畅销书排行榜前列。

希娃小姐是帕特丽夏塑造得最为成功的一个人物形象，说她的影响力不亚于"神探福尔摩斯"也不为过。初次拜读该系列的原版小说时，我便对小说中那个优雅老练、有点另类还带点神经质的女侦探希娃小姐的形象产生了莫名的好感。希娃小姐只是一名普通的退休家庭女教师，却干起了私人侦探的工作。她为人彬彬有礼，讲话时总是爱引用丁尼生勋爵的诗句，看起来弱小而又无害，这恰恰成为她与受害人亲属打成一片的便利条件，情报总是来得异乎寻常的轻松。她心思极其机敏，但外表波澜不惊，喜欢在倾听与案件相关的描述时有条不紊地摆弄针线活，而往往在她眼神流转之间，案情便已见眉目。这种平和安静的气场，却暗藏着出其不意的震慑力，让她自如地奔走于警察局以及名门大宅之间。不管是谎言、伪装、杀机，还是试探，在她面前都无处遁形。

生活的百般苦难使帕特丽夏洞悉了生而为人的种种原罪——贪婪、傲慢、怨恨、残暴……因而造就了她笔下人物的血肉灵性。

如果说阿加莎·克里斯蒂是心理博弈与气氛营造的大师，那么帕特丽夏·温沃斯则是剖析人性与密室设计的专家。《女神探希娃》系列悬疑推理小说，记录了种种离奇的谋杀案件，它的主角常常是柔弱的女子，身处亲情、爱情、友情的种种旋涡之中，挣扎、徘徊、抗争。小说的背景往往设置为英国的上流社会，涉案人物大抵有着复杂的身世，特权阶层中的尔虞我诈、钩心斗角，金钱腐蚀下人性的贪婪与不堪被帕特丽夏刻画得入木三分。财富与亲情，孰重孰轻？爱情与婚姻，是否等价？情感与金钱的矛盾，人性与智慧的较量，均在作品中表现得淋漓尽致，令人读时兴致盎然，读后意犹未尽。

《女神探希娃》系列悬疑推理小说，全套共32册，由于种种原因，一直湮没在历史的长河中，未曾整体翻译引进到中国内地，实为憾事。此次，应广州原典纪文化传播有限公司之邀，我主持翻译了《女神探希娃》系列小说中文版，并得到了贵州人民出版社策划部主任陈继光老师的大力支持，在此深表谢意。同时，也要感谢参与本书翻译的诸多译者，感谢他们为全球华文读者奉献了一套风格迥异、独具特色的推理小说典范。

让我们在美好的阅读时光中，记住这位神奇的女侦探：莫德·希娃！

郑榕玲

二〇一八年五月于广州

目录

第一章
一个陌生女人的来电

　　麦琪·贝尔像往常一样，伸出一双骨瘦如柴、抽搐颤抖的手，拿起了电话听筒。麦琪已经 29 岁了，如今看起来仍然显得瘦小干枯。12 岁那年，她在村路上遭遇了一场车祸。

　　麦琪整天躺在靠窗户的一个沙发上，这个沙发就放在比塞特杂货店里。这家店从严格意义上来说不能称为杂货店，毕竟迪平是个小村庄，比塞特杂货店也只能算是一个小铺子而已。杂货店里只有甘草、比塞特太太秘制的糖块——这类糖块在英格兰许多地区早已消失、洋葱、番茄、苹果、梨和坚果等应季商品，而女式和男式的棉工服、工靴在比塞特杂货店里就很难买到。

　　天气好的时候，麦琪总爱站在杂货店的窗户前，向外张望，观察迪平村里每一个人的举动。每天清晨，大多数村民都会冲她挥挥手，道句早安或者"你好啊，麦琪"，阿伯特上校和夫人每次乘车路过的时候，总是微笑着向她挥挥手或点头示意。西塞丽每次光临杂货小店的时候，总会带给麦琪一本书或一本杂志。这个时候是麦琪最兴奋的时刻，她拿着西塞丽的书跑上阁楼，一坐就是半天。因为整天躺在沙发上无事可做，麦琪只能通过阅读大量的书籍来打发时间。

西塞丽小姐经常给她带来有趣的书籍，并且告诉麦琪，读书可以改变一个人的命运。麦琪很喜欢西塞丽，她是镇上唯一的"女博士"。麦琪通过阅读书籍，更多地了解外面的世界，她喜欢那个卖报的赤脚男孩变成百万富翁的发迹史；喜欢自小相貌平平、没人能看得上的女孩最终成为绝代佳人或公爵夫人的故事；她喜欢看悬疑推理小说，随着侦探的推理，真相浮出水面；她喜欢看探险书，那些探险书里讲述人们如何克服困难和恐惧穿越索桥或沼泽，超级惊险刺激，让人仿佛身临其境，感觉沼泽地里的蛇、鳄鱼、狮子、老虎和巨大的猿猴随时可能突然出现在眼前。

令阿伯特夫人引以为傲的是，阿伯特家堪称"英格兰第一图书馆"，任何时期、任何种类的书籍在阿伯特家应有尽有。麦琪不能长时间读书。当她被搀扶起来时，她可以做些针线活，但坚持不了多久。麦琪的妈妈是村里的裁缝，麦琪所能做的就是给妈妈打下手。她用颤抖抽搐的手将扣子放好，对齐扣子上的孔洞穿针引线，她还能缝补纽钩和纽环，如此复杂的活计她居然弄得相当工整。贝尔太太的手工活很好，因此她的生意得到了村子里许多大户人家的惠顾。令麦琪母女俩激动的是，阿伯特夫人这次带来了艾芙琳·阿伯特的老式礼服，她准备把这件旧礼服稍做修改，作为西塞丽的新嫁衣。阿伯特夫人说："现在可买不到这么好的料子了，西塞丽很喜欢。我知道在我出嫁的时候不该穿祖母的礼服，但那个年代很流行这么做，而且这种面料穿在身上确实很好看。"

裁缝店里的地上堆满了奶白色缎布。缎布上嵌满了一朵朵珍珠做成的玫瑰花，由缎布裁制而成的布鲁塞尔式荷叶百褶裙边在朴素的礼服衬托下显得尤为醒目。麦琪张大了嘴巴，直勾勾地盯着眼前这件奢华的礼服，她此生从未见过如此华丽的裙子。只可惜西塞丽还是个不谙世事的黄毛丫头，虽然她即将嫁给一位英俊的绅士，她的母亲阿伯特夫人对这位女婿一百个喜欢，但西塞丽称不上是美女，她除了拥有一双大眼睛外，其他一无是处，麦琪忽然觉得西塞丽根本配不上她的丈夫。然而幸运女神并未眷顾这个小丫头，好景不长，婚后仅仅三个月，西塞丽便搬回了娘家阿伯特别墅，开始和格兰特·海瑟薇闹离婚。谁也不知道他们之间究竟发生了什么。甚至连麦琪也不清楚其中的来龙去脉，但她知道整件事情的大概情况。为什么麦琪会知道？因为她有一段时间并没有专心地帮助妈妈做针线活或者看书，而是在偷听电话。

公接电话是迪平村里最宝贵的信息来源。安装电话的十几个住户共用同一条电话线。村里任何人只要拿起电话听筒就可以偷听到邻居家的通话内容。麦琪已经摸索出最佳偷听时机，并且已经收集到好多人家的八卦信息。但她一直都没找到西塞丽离开格兰特的真正原因。某天晚上，麦琪拿起电话听筒，听到了格兰特·海瑟薇的声音，他说："西塞丽……"等了好久无人应答，就在麦琪以为根本不会有结果的时候，突然，一个冰冷的声音冒出来：

"谁？"麦琪眼睛一亮，屏住呼吸，静静地听着，那双瘦骨嶙峋的手紧紧地抓住听筒。这时，格兰特·海瑟薇说："我们不能再这样下去了，我想和你见一面。"

"不。"西塞丽答道。

"西塞丽！"

"我和你无话可说，你和我也没有任何关系。"

"你错了，我有好多话要和你说。"

西塞丽沉默许久，说："我不想听任何事。"

"亲爱的，别傻了！"

这时，西塞丽说了一句很奇怪的话："傻瓜和财富很快就会分开。到那时，你自然就知晓答案了。"说完，只听电话里砰的一声，格兰特愤怒地挂断了电话。此时电话的两端只剩下麦琪和西塞丽，电话一端的西塞丽既没有挂掉电话，也没有说话，她在听什么？麦琪害怕极了，生怕自己发出的喘息声被西塞丽听到，于是赶忙挂了电话，拍拍胸脯，心想：差点被西塞丽发现。看来两人是因为财产而发生了争吵。村里的人都知道，西塞丽继承了她的祖母艾芙琳·阿伯特的巨额遗产，与西塞丽这个富家小姐不同的是，西塞丽的丈夫格兰特除了拥有一处庄园和一些未曾投入使用的农业养殖试验以外，所剩无几，是个名副其实的穷光蛋。想到这，麦琪的心里不禁开始替西塞丽打抱不平：格兰特这个爱慕虚荣的穷光蛋为了霸占阿伯特家族的财产违心地迎娶了富家小姐西塞丽，格兰特如此帅气的外貌足以吸引其他女人的目光，而西塞丽只是个相貌平平的黄毛丫头，倘若她稍不留意，格兰特便会轻而易举地成为其他女人的囊中之物。

　　当麦琪再次把听筒放在耳朵上时，她听见一个女人操着一口古怪的口音说道："你好，海瑟薇先生在吗？我希望和海瑟薇先生通话。"

第二章
冤家路窄

星期六下午，弗兰克·阿伯特准备去阿尔文娜·格雷小姐家做客。他在叔叔阿伯特上校家度过了一个快乐的周末。阿伯特上校的作风和他的父亲像极了，他喜欢在放假期间回到家里享受天伦之乐。阿伯特夫人——莫妮卡婶子是个慈祥和善的妇人，总是能够恰到好处地迎合上校的幽默感。上校从前一直喜欢拿西塞丽打趣，直到西塞丽结婚后成为家族以外的人士他才停止。莫妮卡·阿伯特为西塞丽提出离婚一事表示遗憾和无奈。

阿伯特夫人说："你们肯定以为，离婚一事，就算西塞丽不想告诉其他人，但总该告诉自己的母亲，可是她跟我一个字都没说，她只说再也不想见到格兰特了。沃特森先生曾告诫过西塞丽，离婚之事在这个家族里还没有先例，沃特森说在婚后三年里，除非格兰特是过错方，否则西塞丽无权提出离婚。但西塞丽一直强调格兰特是个谨小慎微之人，他才不会将把柄落入西塞丽手中。随后，西塞丽从格兰特别墅搬回来了。如果西塞丽的离家出走能够让这一切尘埃落定就好了，但是解决事情的途径有很多，为什么非要把自己从家里赶出来呢？我知道她说的意思，弗兰克，格兰特在追求西塞丽之前，从来不会定期去教会的，西塞丽在教会负责演奏风琴，那架风琴是盖恩斯·福尔夫妇送给儿子的纪念品，可惜他们的儿子在1915年被杀了。那架风琴音质很好，西塞丽用那架风琴能弹奏出美妙的乐曲，但我不知道格兰特来教会的原因是否就为听西塞丽演奏，他每个星期天都会来家里找我们，就像亲戚串门，很自然，好像什么都没发生一样。当然，他不会和西塞丽碰个正着，因为西塞丽那个时候正在教会弹奏颂歌。"莫妮卡停了停，叹口气，说，"有时候，真想把他俩的脑袋拴在一起！"

　　警长弗兰克·阿伯特抬了抬他的眉毛，问道："那你为什么不这么做呢？"阿伯特夫人笑着说："西塞丽和格兰特貌合神离。我确实问过格兰特，这到底是怎么回事。我曾经将格兰特约在小巷口见面，那儿很隐秘，一个人也没有，当我说明来意后，他反问我：'西塞丽没有告诉您吗？'我说：'她没有。''好吧，夫人，'他握着我的手，轻吻了一下说，'您已经不是我的岳母了！'我也没有别的办法能帮到他，格兰特是个很好的孩子，我想西塞丽真是傻透了，换作是我，我会选择原谅他，我不介意他的所做所为。当时我哭了，他就把他的手帕借给了我。我的手帕总是被我弄丢。对不起，弗兰克，我的情绪有点失控，咱们一会儿要去做客，现在怎么能和你谈论这些乱七八糟的事情。"

话音刚落，弗兰克递给莫妮卡婶子一块干净的方巾，莫妮卡用这块方巾快速地擦了擦双眼，擤了一下鼻子。而后，莫妮卡婶子微微一笑，继续向弗兰克讲述阿尔文娜小姐的故事。"阿尔文娜小姐是已故的教区长的女儿。教区长活了97岁，在世时，他买下了教堂外面的教堂司事房，以便种点花草。他酷爱金盏花，但是他不会种，他把花埋进土里就不管了。阿尔文娜很喜欢粉红色，等你看过她的房间，你就知道了。"

两人的谈话没多久，西塞丽带着她的两只狗来到了花园——一只纯种利物浦白猎犬和一只黑色达克斯猎狗，两只狗的眼睛里散发着英武的目光和桀骜不驯的霸气。这两只狗每次遇见卡德太太的猫都要穷追不舍，乐此不疲，卡德太太因此没少生气。

"狗本来就这样，"西塞丽轻描淡写地说，"她不喜欢狗，我说的是卡德太太，不是那只猫，所以我每次路过格兰奇农庄的时候都会把狗抱起来，当然，那只猫很不错。"西塞丽微微笑了笑，舒展的笑容在脸上呈现出一种独特的魅力。"卡德的猫从不吃亏，面对布兰布尔的围追堵截，每次它都会跳到篱笆上，而篱笆下的布兰布尔只好眼睁睁地看着猫逃出了视线。"说完，她转向母亲，面露愁色，说道："我出来的时候看见艾伦·卡德了，她看起来很糟糕。"莫妮卡一听到八卦消息，立刻就来精神了，"西塞丽，艾伦·卡德在5岁的时候才离开温妮家。你确定是她吗？"西塞丽勉强地笑了笑，说："我当然确定！妈妈，虽然当时的天色已经很黑了，但不至于黑到连人都认不出来的地步啊。我顺着巷子往上走的时候，她正好迎面下来，好像在哭，眼睛都哭红了。我想是因为艾尔伯特吧。艾尔伯特还不如在战争中死了好，省得来这里做些令艾伦伤心的事。"她面向弗兰克，眼里充满了怒火，说道："艾伦曾是格兰奇家的女佣总管，后来她不在那家做事了，嫁给了艾尔伯特·卡德，艾尔伯特·卡德是个退役军人，现在是马克·哈洛的专职司机，鬼知道艾尔伯特·卡德都干了什么坏事，把艾伦折磨得像个丢了魂的行尸走肉，毫无生气。女人都是傻瓜！"

　　说完，西塞丽腾地一下从椅子上站了起来，气愤地离开了弗兰克和莫妮卡。西塞丽径直向别墅门厅跑去，年幼的布兰布尔跟在西塞丽的脚后一路飞奔，它一边狂吠，一边用两只前爪不停地在西塞丽的脚踝处抓挠，好像在试图阻止主人飞快的步伐。另一只老猎犬由于年事已高，行动迟缓，不得已慢悠悠地跟在布兰布尔的身后。不多时，西塞丽跑回房间，砰的一声关上了房门。不巧的是，西塞丽竟然将布兰布尔关在了门外！这个小家伙在门外发出了呜呜的嚎叫，像是一个受尽委屈的孩童在低声抽泣。西塞丽打开房门，将布兰布尔放进卧室。曾几何时，在西塞丽最无助、最迷茫的时候，只有布兰布尔这只忠犬伴随着她一次又一次地度过人生中最灰暗的时光。说到艾尔伯特，西塞丽想起了丈夫格兰特，顿时怒火心生，格兰特曾带给她一段美好的回忆，但对于涉世未深的西塞丽来说，她没想到格兰特竟然是一个爱慕虚荣的伪君子，他与自己的婚约是为了贪图自己家族的金钱与势力，在与自己结婚后，判若两人，是格兰特亲手毁了自己曾经憧憬的幸福！

　　西塞丽在房里走来走去，坐立不安。她拉上窗帘，打开床头灯，管灯发出的绿光将整个屋子映射得像泛起涟漪的水面。不知怎的，西塞丽此时心乱如麻，她一刻都不想待在房间里，于是，她带上宠物狗布兰布尔和老猎犬大步流星地走出了家门来到了主车道。这时，马克·哈洛从田庄后门鬼鬼祟祟地探出身子，西塞丽用余光一瞟，看见马克正站在离她几码远的地方，一动不动地望着她。

"你在遛狗吗? 这个时候遛狗有点晚了，不是吗? "马克问。

"我喜欢在黄昏时遛狗。"西塞丽说。

"你回家前天可就黑了。"马克打趣地说道。

"我喜欢黑天遛狗。"西塞丽怒回了马克一句。

"我不喜欢天黑时遛狗。"马克大笑着说，"不过我觉得你说什么都对! "

"呵呵。"西塞丽尴尬地笑了笑。

马克走近西塞丽，左手轻轻地搂住她的肩膀。布兰布尔在马克的脚底发出呜呜的警告声，疯狂地撕扯马克的裤脚。马克的眼神忽然变得温柔起来，用暧昧的语气说道："可是，小不点，你说你出来散步，可谁都看得出来，你心不在焉啊。"

西塞丽眯起双眼，望着马克，说："是的。"

"需要我陪你吗? "马克问。

"不，马克。"西塞丽坚定地回绝了他。

"为什么? "

"我不需要你，我不需要任何人。"

马克笑了笑，转身走进了农庄里，再也没出来。西塞丽牵引着布兰布尔继续向前走了一段路。布兰布尔是只可爱温顺的猎狗，当它奔跑时，它的耳朵像两团蒲扇，一上一下地扇动着，所有的事物对年幼的它来说都是新奇的，任何活动的物体总会引起它的注意，例如兔子、鸟、猫、黄鼠狼和白鼬，甚至是体格比它大得多的猛兽，它都毫无惧意。这个品种的小猎狗，自古以来代代繁育为人们捕猎所用。

西塞丽带着布兰布尔和老猎犬来到她们经常遛弯的这条路，像往常一样在小路上跑来跑去，嬉戏玩耍。红晕渐渐地爬上了她的脸颊。今天她打算带着小狗们走得远一点，于是她来到了格兰奇庄园和海瑟薇庄园之间的小路上。这条小路是村里唯一一条直通兰顿的路。西塞丽与布兰布尔做完了所有的例行游戏，布兰布尔吐着猩红的小舌头，喘着粗气，安静地蹲在路边，等待西塞丽下达下一步指令，而步履蹒跚的老猎犬则拖着沉重的身躯，姗姗来迟。西塞丽看着两条爱犬，心情异常地舒畅。太阳快要落山了，冷寂的黄昏即将降临。格兰特·海瑟薇不知何时骑着自行车悄悄地追上来，从西塞丽的身边飘过。格兰特把车子停在前方的转弯处，放好车子，缓缓地向西塞丽和布兰布尔走来。

格兰特和西塞丽这对曾经的夫妻面对面站在一起，彼此注视着。格兰特很年轻，肩膀宽阔，不胖不瘦，有着英国人特有的棕色头发和蓝灰色的眼睛。他看上去很健壮，脸上流露出和善的笑容。在莫妮卡的眼里，他是个阳光帅气的白面小生，但是格兰特·海瑟薇实在太招风了。如果格兰特没有帅气的外貌，就不会有许许多多的女人纠缠他。格兰特微笑着注视着西塞丽，那阳光般的笑容使她的心中一阵悸动。西塞丽忽然产生了可以原谅他一切过失的错觉。

11

"嗨，西塞丽，最近好吗？"格兰特笑着问道。

西塞丽一句话也没说。她不想说，也没什么可说的。这条小巷很窄，只能容纳两个人并肩通过，格兰特拦住西塞丽的去路简直轻而易举。西塞丽一脸鄙夷，抬头望着格兰特，极不情愿地回答道："我和你无话可说。"

"难怪我想把你娶回家，你连回答都那么吝啬！"格兰特说。

西塞丽忽然想到一句一劳永逸的话，这句话能够强有力地戳中格兰特的软肋。西塞丽冷笑道："这恐怕不是你娶我的真正原因吧？你敢说出娶我的真正理由吗？"格兰特微笑着说："那我也太傻了，我娶你不就是为了你的钱吗？我努力地试着忘掉这个理由，这个理由也很容易被遗忘，不是吗？"他知道西塞丽的软肋所在，西塞丽根本不是他的对手。毕竟，格兰特是个厚颜无耻之人，他从未在意过西塞丽。西塞丽压低声音说："让我过去！"

格兰特像个胜利者，大笑着说："我压根没想挡你的路啊。"当西塞丽要走的时候，他用脚挡住了西塞丽的去路，一把抓住了布兰布尔的脖子，好像拎小鸡一般，一边揪布兰布尔的耳朵，一边骂骂咧咧，一把将布兰布尔甩到路面上。西塞丽哪经历过这般场景，看在眼里，疼在心上，慌乱之中她一边大声呼唤着布兰布尔，一边踉踉跄跄地向阿伯特别墅跑去。

第三章
爱德华和死人林

　　莫妮卡和弗兰克沿着小巷一路走来。此时天已经黑了。他们来到了村里，向右拐了个弯，走过一排村舍和教堂司事房。阿尔文娜的房子位于这条村路的尽头，离司事房不远。这是一所旧房子，客厅上面是黑色房梁，地面上铺着六寸大小的石砖。在弗兰克到访之前，阿尔文娜觉得整幢房子的色调偏暗，于是利用闲暇时间，将房子重新粉刷了一遍，粉刷后的墙面上画满了鲜艳欲滴的玫瑰花。事实证明，阿尔文娜的这一举动很明智，粉刷后的房子确实明亮了许多。阿尔文娜并没有粉刷靠窗户的椅子，这把椅子上堆满了粉色垫子。沙发巾上绣着菜花一样大的玫瑰，三把餐椅上罩着印花棉布，从司事房窗户上摘下来的粉色条纹窗帘裁短后依然可用，粉色的窗帘搭配浅蓝色的地面，整个房间显得清新舒适。墙面上已经没有多余的地方，家里的老照片不能挂在墙上。不过，阿尔文娜想到一个妙招，这些照片和小物件可以摆放在壁炉的装饰架上。在寒冷的 1 月份，花瓶里的花已不再是红天竺葵，阿尔文娜将她后花园里的得意之作——橙色蜡菊花插进了美丽的玻璃花瓶内。

阿尔文娜内着一件桃红色衬衫和一条灰色裙子，外披一件灰色外套，将一枝粉色玫瑰别在外翻的衣领处。浓密的灰色头发上佩戴着一顶黑毡帽。村里的人从来没见她换过帽子。西塞丽依稀记得，在她七八岁时，因为她在教会很听话，阿尔文娜曾给过她粉红色的糖果作为奖励，那时的阿尔文娜就戴着这顶黑毡帽，和现在的帽子一模一样。阿尔文娜有着精致的五官，非常明亮的蓝眼睛，樱桃小口，村里人都怀疑她的嘴那么小，要怎么吃饭。

弗兰克和莫妮卡来到阿尔文娜家中，在和阿尔文娜握过手之后，弗兰克尽量避免因他突然坐下，而将客厅的光线挡住，所以他慢吞吞地坐在椅子上。阿尔文娜直奔主题，开始滔滔不绝地说起来。弗兰克对阿尔文娜这个话痨有所耳闻，不免心生反感。"你在伦敦警察局工作，那我不得不注意我的言辞，否则你会逮捕我的。"阿尔文娜边说边笑，笑声像鸟叫一样尖细。突然，她咳嗽了两下。弗兰克第一次来到阿尔文娜家里做客，阿尔文娜凑近弗兰克，打量着他。她把弗兰克从上到下看得仔仔细细——油亮的金发，蔚蓝的眼睛，华丽的服饰。她重点看了下弗兰克身上的服饰——精美的袜子、领带、手帕、外套以及鞋子。这身打扮一点也不像警察，倒让她想起村里的乡绅约瑟夫·坦伯利。约瑟夫是个富人，也是唱诗班里一名优秀的男中音。阿尔文娜非常看好约瑟夫，每周末，阿尔文娜都会去学习班教他念书。

"温妮小姐，服装账目不得不延迟处理，请你理解。"莫妮卡说。阿尔文娜当然理解。村里人都知道阿伯特上校从不参加茶会。阿伯特上校总是说："参加茶会的都是一群废物！"虽然他嘴上这么说，但最终还是得遵守公约。上校总能收到许多邀请，要不是服装公社账目的事使他不能脱身，他本可以参加秋季清园、冬季剪枝或春季播种这类集体活动。除此之外，训练猎犬和修缮教堂也是他的分内之事。

阿尔文娜熟练地从茶几上端起一个维多利亚时期的中国茶壶，轻轻地倾倒茶壶，向茶几上的三个茶杯里倒满了稻草色的茶水，这种茶叶冲泡起来很困难，必须用滚烫的沸水进行冲泡，在温度很高的时候喝下才会体会到其中的美味和妙处，一旦水温降下来，冷却的茶水喝起来就像秋天稻草的味道，苦涩哑舌，特别难喝。正如其他的男性访客一样，弗兰克同样极怕燥热的茶水，但又担心不喝下阿尔文娜递过来的热茶水会略显失礼。弗兰克望着忙碌的阿尔文娜左右为难。

说话间，阿尔文娜已将盛满热茶的茶杯递到弗兰克和莫妮卡的手中。阿尔文娜滔滔不绝地介绍道，这套茶具产自中国，是她曾祖母收到的礼物。"最终，曾祖母没有嫁给送她茶具的这个男人，因为那时她在猎人舞会上遇见了我的曾祖父。他们相识一个月就结婚了，曾祖母没想到曾祖父是个急脾气的人。但两人结婚60年从未红过脸，生育了15个孩子。如果天没黑，你从房间的小窗户往外看，就能看到他们的墓碑。我希望你不介意我家窗帘和灯同时开着。我以前从不这样，现在我很享受光明，因为光明意味着战争结束。但是，如果要我一个人孤零零地走在康芒路上，我还是很害怕，毕竟那条路要经过死人林。"阿尔文娜说。

弗兰克快速地将茶杯中的茶水一饮而尽，放下手中的空茶杯，好奇地问："死人林里的死人是谁？"

阿尔文娜把自制的面包递给弗兰克，给他续了一杯茶。面包上撒满了一层香菜籽和冻得发硬的粉色砂糖。她接着说道："嗯，那是个很可怕的故事，弗兰克，主人公死很久了。他叫爱德华·布兰德，说起这个人，就不得不提及汤姆林家族，汤姆林家族拥有迪厄赫斯特庄园，这个庄园就在康芒路对面。如今这个家族的人都死了，家族墓地在教堂那边。当时康芒路两边所有的田地都归汤姆林家族所有，他们让爱德华·布兰德住进树林木屋，这个木屋位于树林正中央。没人知道爱德华从哪来，也没人知道汤姆林家为何安排他住在木屋里。爱德华又高又瘦，乌黑的头发用丝带绑在脑后。18世纪，人们时兴戴假发和擦粉，但爱德华从不追逐时髦，只愿披着黑色的长发。他独自生活在树林里，平时没有人会去那片树林，尤其是在天黑的时候，更没人愿意去。据说他还会巫术。那个年代人们都非常迷信。阿伯特夫人，我给你再续一杯茶吧。你一定得尝尝我做的草莓酱。艾伦今年告诉我一个做草莓酱的新方法，味道真的不错。"

莫妮卡·阿伯特也放下手中的茶杯，用勺子挑了一块酱膏，含在口中，说："真好吃。艾伦的手真巧。我怎么就做不出这么好吃的草莓酱呢。继续说，爱德华是怎么死的？"

　　阿尔文娜转向弗兰克说："这确实是茶会的好话题，后面的故事越来越恐怖。有人说康芒路边经常有蝙蝠出没，并伴有猫头鹰的尖叫，还有人说那种声音听起来更像是人发出的，树林里的木屋被传得越来越惊悚。后来，村里有个女孩失踪了，至今下落不明。村民认为这个女孩是因为受到继母虐待离家出走，而爱德华·布兰德肯定跟女孩失踪案有关。这个女孩岁数不大，还不足14岁。村民们觉得爱德华和木屋是村里的隐患，有他在，村里孩子们的安危就会受到威胁。于是他们进入树林，一把火烧了木屋。我爸说，在他小时候有个老司事跟他讲过这件事，当时，老司事的爷爷就是村里派去讨伐爱德华的其中一员。他们来到木屋的时候，发现木屋里空荡荡的，所有的门窗敞开着，丝毫没有人住过的痕迹。屋里有很多镜子。村民们把镜子砸碎，将门从门框上卸下来抬走了。通往木屋没有别的路，只有人们来来往往踩出来的土路。康芒路很长。当村民们再次来到木屋前，忽然看见爱德华·布兰德直挺挺地吊死在两棵树之间。村民们把他埋在教堂墓地围墙外面的十字路口。此后一段时间，好几个村民无缘无故地相继去世。如今，木屋依然还在，但没有人再敢去那片树林。因为那里是爱德华上吊的地方，所以大家把那片树林叫死人林。"

　　弗兰克的注意力并不在这个故事上，他来这不是听阿尔文娜跑题的八卦。同一个故事口口相传几代人，从老司事、阿尔文娜的老爸，阿尔文娜，再到他，屡见不鲜，毫无新意。他猜希娃肯定会对这个故事很感兴趣，默默地记下所有的细节，准备回去讲给她听。

不知不觉已经 5 点 45 分了。莫妮卡和阿尔文娜好像还没谈够。弗兰克知道，村里一些子虚乌有的八卦消息总是传播得很快。这些流言蜚语中或多或少地添加了几分神秘的气息。对弗兰克来说，村里大部分人都很陌生，在这个村里，他找不到任何有价值的线索。阿尔文娜对麦琪·贝尔偷听电话一事表现得相当愤怒。她说："全村人都知道麦琪偷听电话，早就该有人去提醒麦琪和她妈不能这么干。"莫妮卡说："如果被她听见我在电话里买鱼或预约牙医，我就把电话砸了。"阿尔文娜聊得越来越兴奋，她们很快又换了个话题。

"西塞丽今天下午遛狗的时候碰见了卡德，她说卡德看起来很糟糕，眼睛都哭肿了。她到底怎么了？"莫妮卡问道。

"百事通"阿尔文娜又开始滔滔不绝地说起来："她 9 点钟时来给我送早餐，我就问过她，'艾伦，你怎么了？你的眼睛都哭肿了。'可几经询问，她却只说她头疼。我劝她喝杯茶，回房间躺一会儿，休息一下。她不肯，还要继续干活。但午饭后，我看她情况不妙，就把她送回家了。你知道吗，她的头疼病全因她哭得过于频繁，她看上去哭过不止一次，或许她哭了整整一夜。她的家里肯定出了什么事。虽然艾尔伯特·卡德是一个好司机，但是他太年轻，而且底细不明，不是个可以托付终身的男人，我认为艾伦不应该嫁给他，可是谁让艾伦偏偏爱上了这个男人。唉，我们这些旁人只能默默地祝福艾伦吧。宁拆十座庙，不毁一门亲，对不对？"她转向弗兰克，继续说："艾伦的丈夫艾尔伯特·卡德是哈洛先生田庄里的司机。他每晚都留在田庄里吃饭。也就是说，他转业复员后才成为老哈洛的司机，老哈洛去年离世后，他的侄子马克继承了哈洛家族的产业。马克虽是个年轻人，但不怎么喜欢开车。阿伯特夫人，您知道为什么吗？他是西塞丽的朋友，对吗？"莫妮卡·阿伯特最受不了的就是每次有人提到马克·哈洛都会把西塞丽带上。但莫妮卡还不能因此当众面露怒色。她笑了笑，温柔地说："我不清楚马克是不是西塞丽的朋友，他们也许是很要好的朋友吧。马克是个很稳重的孩子。我也不知道他为什么不开车，你可以自己问问他。"话音刚落，教堂的钟声敲了六下，阿尔文娜开始有点焦躁不安。

"天呐，我每天晚上都睡不着，反而越来越精神。"阿尔文娜说。

"是吗？"莫妮卡说。

阿尔文娜说："这件事儿我确实问过艾伦·卡德——我不是八卦，是我碰巧遇见了她。我问她马克是不是得了夜盲症，因为有时看到他白天自己开车，却没见过他晚上开车。艾伦说马克随时都可以开车，但我不相信艾伦说的话。老托利也得了夜盲症，白天的时候他的视力好极了，每到夜晚就必须换他的妻子开车。马克·哈洛先生视力也很好，你不这样认为吗？而且长得也很帅。"

"他是个好人。"阿伯特夫人斩钉截铁地说。突然，她猛地一回头，"谁？好像有人向这边跑过来了。"

弗兰克·阿伯特早已听到了跌跌撞撞的脚步声。说时迟，那时快，弗兰克几个人还没来得及走到庭院大门，就听见一阵咚咚的敲门声，门外，一个女孩一面用拳头捶打着大门，一面大声尖叫道："杀人了！杀人了！快让我进去！"

第四章
她是谁

两天后，弗兰克下了夜班，直奔希娃家。他坐在一把旧洋椅上，那把椅子产自维多利亚时代，刷着明蓝色的漆，四条腿是卷曲的胡桃造型，算是个古董。弗兰克一边给希娃讲述这几天在村里听到的各类奇闻逸事，一边看着她在壁炉旁熟练地织毛衣。

"希娃，真希望当时你也在场。"

毛线针在希娃的手中咔咔作响。她轻轻咳了一声，说："弗兰克，愿神保佑你。"弗兰克坐在椅子上，仔细地端详着眼前的希娃。希娃穿着一身黑色针织连衣裙，脚上的皮鞋擦得像冰面一样光亮。她仿佛是从油画中走出的优雅贵妇。她是一位称职的教师，桃李满天下，将自己的毕生心血毫无保留地传授给她的学生。

现在，莫德·希娃已经是一名享有盛名的私家侦探。她的名片上写着：

"希娃女士

蒙塔古大厦 15 号"

名片的右下角印有"私人顾问"字样。

希娃的这一新工作给她带来了许多朋友。这些朋友都是年轻的小伙或者姑娘，还有刚出生的小婴儿，他们的照片被希娃镶嵌在金银雕丝相框内，挂满了壁炉上的墙壁，并摆满了两个大桌子。每当希娃回到家中的时候，看见家里的摆设一如既往，她的内心久久不能平静。在战乱纷争的年代，她非常庆幸安家于美国罗德岛州的首府普罗维登斯。在普罗维登斯的日子里，她的生命和财产受到了保护。想当年，在遭受轰炸期间，卧室的窗户玻璃被炸得粉碎，大量的灰尘和瓦砾重重地盖在蓝色地毯和窗帘上。窗帘被炸得粉碎的玻璃划出一道长长的破口，幸好巧妇艾玛凭借得天独到的针线手艺，将希娃心爱的窗帘缝补得焕然一新，连希娃都看不出来那道缝补的裂口。肮脏的地面被清理干净，家里的照片完好如新。这一切像是做梦一样，真是老天眷顾啊！

"弗兰克，继续说。"希娃抬起头，望着弗兰克。

"嗯，就像我刚才说的，故事发生在你居住的那条街上，有个女孩一边急促地敲门，一边大呼杀人了，她刚一进门就昏倒在地，不省人事。那个女孩面容清秀，我以为她昏死过去了。"弗兰克说。

"你的婶子和格雷小姐认识那个女孩吗？"希娃问。

"是的。"弗兰克说，"她叫玛丽·斯托克斯。从科尔尼公司离职后来帮她叔叔料理康芒路对面的农场。她长得很漂亮。但我觉得她不会无缘无故地闯进阿尔文娜家，更不会无缘无故地昏倒在地。在此之前，她一定是看见了什么害怕的东西。"

"为什么？"希娃问。

"我不知道。她很快就苏醒过来了——我一碰到关于女人的案子，脑子就一片空白。女人像书本一样，太难懂。我多希望当时你在现场。莫妮卡婶子和阿尔文娜·格雷小姐把她搀起来，等她的情绪逐渐恢复平静，才慢慢地跟我们说了缘由。她叫玛丽·斯托克斯。她的叔叔乔赛亚·斯托克斯承包了康芒路对面的汤姆林农场。汤姆林农场原属汤姆林家族。但汤姆林族人几年前都死了，他的叔叔现在接管这个农场，继续沿用着农场的原名。当时，她正一个人沿着我刚才说的那条小路向迪平村走去。"

希娃咳嗽了一声，问："她经常走这条路吗？"

弗兰克挑了挑左眉，说："不是，可这是去往村里最近的路。"

"没有别的路吗？"希娃问。

"有。有一条行车路。相对来说，这条行车路的路程太长，几乎在村子另一端，很绕远。我想没人会特意驾车走那么绕远的路去村子，不过可能真的有这样的傻瓜。但对于玛丽来说，就没必要走那条行车路。我听说当地村民谁都不愿意在天黑时走死人林。"

希娃敲了敲手里的毛线针。

"当时天色已经黑了吗？"希娃问。

弗兰克微微地耸了耸肩，说："现在是 1 月份，晚上 6 点以后，天黑得就像沥青一样。"

"然后呢？"希娃催促着弗兰克。

"这条路途经一片茂盛、密集的树林。玛丽独自走在黑漆漆的小路上，忽然听到空中飘来一个声音，她迅速地躲进灌木丛中。我问她为什么要躲起来，以及什么声音令她如此害怕，她说不出来，只觉得自己听到的声音很恐怖。我觉得警察可以花更多的时间在玛丽身上做些调查。"

希娃用小而敏锐的眼睛盯着弗兰克，说："她被恐怖的声响吓坏了，我想她和你说这些只是想赢取更多的时间。她还说什么了吗？"

弗兰克嘴角泛起一丝笑意，说道："嗯。她哭了很久。当我说要送她回家时，她急忙蹲在地上，瞪大了双眼，双手抱头，惊恐地说她听到的声音像是脚步声和有人在地上拖东西的声音。玛丽透过灌木树枝的缝隙，依稀看见一个男人从她面前经过，这个男人的手里拿着一把手电筒，借着手电筒的光束，她还看见这个男人拖着一具女人的尸体。"

希娃立刻停住手中的针线，摇摇头，连声说道："唉，真是造孽啊！"

"玛丽·斯托克斯说那是一具年轻女人的尸体，是个陌生人，金黄色的头发，头部受伤严重。她很确定女人已经死了。死者穿着黑外套，戴着黑手套，没戴帽子，垂下来的头发挡住一大半脸。耳朵上戴着一枚怪异的耳环。"希娃轻咳了两声，说："她貌似看得太仔细了。死者垂散的头发把脸都挡住了，她居然还说看见耳朵上的耳环，你不觉得奇怪吗？""还有更奇怪的。玛丽说那个男人像个疯子一样，把尸体翻个底朝天，连头发都不放过，好像在找什么东西。动作很熟练迅速。几分钟后，男子匆忙地跑了，把尸体遗弃在路边。玛丽见他跑远了，才从灌木丛里钻出来，她情急之中跑到了阿尔文娜家。待玛丽逐渐恢复平静后，我带着玛丽去村里警局报案。当警察开车载着我们来到案发现场时，并未看见什么尸体。天气非常冷，玛丽被吓得惊魂未定，警察问她关于案发现场的一些问题时，她却说记不清了，哭喊着非要回家。警员们只好在第二天上午的时候，对案发现场进行地毯式搜索，可是并没有发现路边有任何拖拽的迹象。树林里有条沟渠，渠里满是淤泥。照理说，沟渠内的淤泥会留有脚印。但是，现场警员勘查发现，在这条沟渠内除了玛丽的脚印，没有其他任何人的足迹，也没有任何拖拽的痕迹。路边或树林里根本就没有尸体，周边村落也没有人报失踪案件，更没有玛丽所说的什么耳环。而从玛丽的脚印来看，前脚趾的印记完整而深厚，而脚后跟的印记却残缺不全。由此可以推断，玛丽当时从这里跑过的时候，速度一定很快，双脚踩在淤泥里很吃力。两只清晰的脚印可以印证玛丽的确来过，但根本没有女人的尸体和那枚钻石耳环。"希娃咳嗽了一声，说："的确很奇怪。我倒是对尸体上的耳环很感兴趣。"她笑了笑，接着说，"弗兰克，你知道什么样的耳环最值钱吗？那种镶满钻石的耳环，特别好看但不实用，钻石很容易从耳环上脱落。"

"你见过这样的耳环吗？"弗兰克问。

希娃说："没见过，这样的耳环难得一遇，耳环上必须得配有银针才能穿过耳洞。"

弗兰克笑道："我没想过这个。不过玛丽·斯托克斯发誓说，她看到尸体的耳朵上确实戴着一枚镶有钻石的耳环。"

希娃小姐低下头，继续织毛衣，过了一会儿，她说："我猜你还没说完，是不是还有什么新鲜事？"

弗兰克点点头，说："上个星期日，迪平村炸开锅了，村民对于这件事分为两派。一派人认为玛丽在混淆视听，目的是为了在村里出风头，博人眼球，好让大家都注意到她。另一派坚持认为玛丽说的是真话，虽然有些细节听起来很离谱，像是经过玛丽渲染的，但那个女人其实没死，玛丽尖叫着跑开后，她自己不一会儿就爬起来走了。"

"愿主保佑。"希娃紧闭双眼，双手合十放在胸前，口中默默念叨着。

弗兰克点了点头，说："今天下午 4 点半左右，汉普斯特德警局接到报案。一个女人说她的女房客失踪了，这名房客在星期五那天出去就再也没有回来。失踪女人大约 30 岁左右，梳着齐肩发，黄褐色眼睛，中等身高，偏瘦。失踪女临走时上身穿一件黑色名牌大衣，头戴黑色贝雷帽。下身穿着长筒袜、黑鞋。耳朵上戴着一对硕大的钻石耳环。"

第五章
继承者的悲哀

　　希娃停下了手中的活计，陷入了沉思，弗兰克半躺在椅子上默不做声。突然，弗兰克笑着说："希娃，难道真有这么巧合的事情吗？"

　　"世上恐怕没有这么多的巧合吧。"

　　"可是我办过许多诸如此类的巧合案件。"弗兰克提高了声调说道。

　　希娃抬起头，慢悠悠地说道："弗兰克，这名失踪的女人是谁？除了她的穿着打扮，女房东还一定知道关于这个失踪女人更多的信息。"。

　　"房东霍珀太太好像和那名失踪女不太熟。我问过房东，失踪女才搬进出租寓所不到一个月。失踪女叫罗杰斯，基督名是露易丝，说话带点轻微的外国口音。她曾经告诉房东霍珀太太说她

是法国人，几年前嫁给了一个英国人，但是不久以前，她的丈夫
过世了。罗杰斯很友善，从来不带任何人回寓所，也不拖欠房租。
她和房东唠家常时透露自己出生于法国一个富商家庭，但是在战
争中，她的家族生意一落千丈，最后沦落到家破人亡的地步。此
次来到英格兰的目的是为了拿回一部分属于自己的财产。霍珀太
太还说，罗杰斯有周五出门购物的习惯。玛丽在星期六晚上看到
一具戴着耳环的金发尸体，接着，警方收到房东霍珀太太报案，
称露易丝·罗杰斯外出失踪。我问过房东是否听说过迪平村，她
竟然都不知道迪平村的存在。"弗兰克向前挪了挪身子，凑近壁炉，
将手悬在炉膛中的火苗之上，接着说道："如果事实并非玛丽·斯
托克斯所说的那样，我们可以简单地得出这样的结论：罗杰斯其
实是去外出旅行，她只是懒得让房东太太知道罢了。"

　　希娃咳嗽了一下，问："如果罗杰斯真的打算长期离开寓所，
应该随身携带手提箱啊，难道出租寓所里没少点什么？"

　　"霍珀太太说什么都没少。"弗兰克说。

　　"霍珀太太应当知道经营一家旅店要时刻保持警惕。租客可
能一点点地把店里的东西偷走，最后连房租都不付，溜之大吉。"

　　"嗯，她说什么都没丢。用她自己的话来说，罗杰斯浑身上
下穿的都是昂贵的法国名牌服饰，根本不屑于旅店里那些不值钱
的物品，她不至于干出那样的事。现在要搞清楚的是失踪女到底
去没去过迪平村，如果她真的去过迪平，那她的目的地是哪里？"

　　希娃放下手里的针线，严肃地说："也许你忽略了一点，我
觉得有一种可能性——她可能死于暴力。"

弗兰克撇了撇嘴，说："我认为不是。我打算明天去迪平村走访调查。当地村民也许不会配合我，但村里的警官可以啊。我和玛丽去过案发现场，所以我知道村里的路该怎么走。事实上，我对这个村子也不太了解。我的叔叔和婶子常年旅居国外，他们是这两天才从国外回到村里定居。这十多年来，我在村子里见过次数最多的就是我的堂妹西塞丽，我们兄妹俩关系很亲密，在她上小学的时候，我经常带着她出来玩，所以在这个村子里，我唯一能指望的就是西塞丽表妹。"

"弗兰克，几个月前，我在报纸上看到了你的堂妹和海瑟薇先生的婚讯。"

"是的。不过他们正在闹离婚，西塞丽搬回了娘家。没有人知道这对新婚夫妇怎么会走到今天这般地步。她才结婚三个月，突然有一天，气呼呼地跑回娘家，并且声称这辈子再也不想看见格兰特·海瑟薇。你知道，西塞丽是阿伯特家族财产继承人。我的祖母继承了曾祖父的船运遗产，如今，祖母把所有的家产都留给了西塞丽。"

"真的吗？"希娃惊呼道。

弗兰克面露尴尬，说："说起我的祖母，叔叔和我对祖母的所做所为表示无语。祖母无法将叔叔从阿伯特别墅中驱赶出去，因为叔叔是阿伯特家族的男人，他有权拥有阿伯特家族少量的财产。由于叔叔擅自转移了他的那部分资产，祖母和他闹得不可开交。至于我的父亲，这几年来，他和祖母交流甚少。祖母一直反对父亲和母亲的婚事，她认为我的母亲之所以嫁给父亲，是看中了阿伯特家族的财产。直到我参加工作，我才……"

希娃双唇紧抿，说："难道你的祖母没有想过，以她的财力完全可以资助你，按照你父亲的意愿完成学业吗？"

弗兰克冷笑说："她早就想到了，祖母曾经把我叫到阿伯特别墅，告诉我，我父亲和母亲的结合在她看来是个愚蠢可笑的行为，父亲到死都没能给我安排一个体面的工作，她一直就没看好这对苦命鸳鸯，更不想把金钱和财力浪费在我的身上。"

"可怜的弗兰克！"希娃说。

弗兰克的眼神瞬时变得黯淡无光，说："从那以后，我再也没去过阿伯特别墅，直到叔叔前几天从国外回来。希娃，在遇见你之前，我从未对人说过我的过往。"

"你的表妹和祖母是一类人吗？"希娃追问道。

"不，西塞丽是个不谙世事的黄毛丫头。"弗兰克回答说。

两人沉默片刻，希娃说："弗兰克，你为什么告诉我这些？"

弗兰克半开玩笑地说："不知道。"

希娃说："你的这番肺腑之言倒让我想起了一句名言'要么完全信任我，要么完全不要信我'。"

弗兰克听后哈哈大笑，说："或许用这句话更贴切'接近真相的谎言才是最大的谎言'。好了，我不兜圈子了，莫妮卡婶子很想念你。你想不想来阿伯特别墅转转？"

"你是不是想要我帮你破案？"

弗兰克笑着说："还没到时候。"

"为什么？"希娃疑惑地问。

　　弗兰克双唇紧抿，说："目前，仅有的证据杂乱不堪，我所掌握的线索都是一些没有事实根据的无稽之谈，而你也只是根据线索进行推断。这件事情变得越来越让人捉摸不透。"弗兰克稍稍停顿一下，一本正经地说，"况且，我想让你见见玛丽·斯托克斯，让她亲口告诉我她所说的一切到底是不是真相。如果玛丽所说并非事实，我必须追查出迫使玛丽撒谎的真正原因。"

第六章
初访别墅

　　阿伯特别墅是个毫无特定建筑风格的大房子。起初，阿伯特别墅只是个农庄。随着家族的繁荣和财富的积累，阿伯特家族几代人不断盖建新的房屋。在维多利亚中期，某位阿伯特家族成员修建了这所巴尔莫勒尔风格的阁楼。艾芙琳·阿伯特老夫人在世时，她把先祖遗留下来的很多奢华的实木家具封存在阁楼中。艾芙琳是传统而古板的老太太，从来不把钱花在儿媳妇莫妮卡身上。婆媳二人的关系因此一度紧张到极点。艾芙琳老夫人过世后，莫妮卡在打扫别墅的时候，无意间在阁楼上发现很多价值不菲的橡木家具以及装满丽景窗帘的箱子。莫妮卡怎么也没想到家里还有这么多华美、高档的橡木家具，于是，她索性将这些奢华的家具以及光鲜的窗帘统统布置到别墅的各个房间。这样一来，别墅的卧室、西塞丽的小餐厅以及采光极好的客厅，经莫妮卡的精心装扮焕发出了奢华贵族的气息。

　　然而莫妮卡并没有翻新公共休息室。这是一间供人娱乐的房间，平时没有人会去那里消遣。不过，公共休息室内厚重的金织锦窗帘、描金的小椅子以及锦缎扶手长椅处处彰显着奢华和尊贵。墙上挂满了镀金的相框，相框里镶有各式各样的镜子和阿伯特族人肖像，其中一幅画是艾芙琳老夫人年轻时的婚后自画像。画像里的艾芙琳夫人梳着 80 年代流行的发型，高高的鼻子，苍白而消瘦的脸，冰蓝色的眼睛在眉毛和头发的映衬下显得更加清澈，弗兰克继承了老祖母所有的美貌，他和他的祖母眉目间惊人地相似。莫妮卡曾多次催促阿伯特上校把挂在公共休息室的婆婆自画像撤走，她受够了婆婆十几年来的百般刁难，如今婆婆过世了，她自然不愿在自己的家中每天面对像诅咒一般存在的婆婆。她宁愿卧房里挂着西塞丽的童年画像，也不想每天生活在婆婆的阴影之中。

　　早饭后，希娃驱车来到阿伯特别墅，她终于见到了弗兰克口中的叔叔阿伯特上校和婶子莫妮卡以及小堂妹西塞丽。阿伯特上校是个身材高大、长相俊美的男人，夫人莫妮卡有着娇美的面庞和匀称的身材，可是西塞丽除了继承父母浓密的头发和大大的眼睛以外，她巧妙地避开了其父母所具有的其他美貌特征，换句话说，她的长相除了得到父母很少的一点遗传外，倒不像这个家族的孩子。西塞丽稚嫩的脸庞、深邃的双眼让希娃想不到她已为人妻。希娃不由自主地低头瞥了一眼西塞丽的手指，出乎她的意料，西塞丽的左手中指上并未佩戴结婚钻戒。一个喜欢追逐时尚的年轻女孩竟然粗心大意地将戒指弄丢了——希娃宁愿相信西塞丽的粗心，也不愿相信弗兰克口中的离婚事实。

这时，仆人端上一盘热乎乎的烤饼，希娃一边吃着烤饼蘸蜂蜜，一边听着莫妮卡炫耀西塞丽饲养蜜蜂的经历，她的眼神不禁定格在对面的西塞丽身上，西塞丽独自一人坐在壁炉旁边，手中端着茶杯，也不取烤饼来吃，若有所思地看着炉膛里的火苗，一言不发。她的头发、眼睛都是棕色的，皮肤黝黑，肤色比她母亲要深得多，火光在她的脸上反映出灼灼的光辉。她的一边脸颊在火光的映衬下显得红彤彤的，头发像被红色的浆果染过一样，更加增添了几分迷人的魅力。

寒暄过后，希娃跟随莫妮卡来到卧房。这是一间宽敞明亮的大屋子，屋里摆放着许多维多利亚时代的红木家具和豪华的窗帘。希娃脱去她的黑色毛领外套，用手拢了一下脑后的发髻，换上室内串珠拖鞋。她身着一袭墨绿色羊毛连衣裙，裙子的衣领处有些松懈，希娃将一枚玫瑰形橡木胸针别在连衣裙脖领处，玫瑰花芯中央镶嵌着一枚爱尔兰珍珠。她的胸前挂着一副老花镜，老花镜用两条金色链子连接起来，挂在脖颈上。这样用链条将老花镜佩戴在身上，当光线昏暗或需要阅读文章之时，希娃就可以随时不费吹灰之力地找到老花镜。希娃从随身的包中拿出一团淡蓝色的毛线球，坐在炉火旁，继续编织未完成的婴儿毛坎肩。毛坎肩是婴儿保暖的最佳衣物。幼小的婴儿在这样的寒冬里最需要储备几件温暖、洁净的毛坎肩。此时，卧房里除了希娃，只有莫妮卡在场，这正是调查案情的好时机。于是希娃快速地数清毛线针上的针数后，便和阿伯特夫人攀谈起来。

"见到您真高兴，"莫妮卡说，"弗兰克和我们总提起您。"

"很高兴认识您，阿伯特夫人。"希娃笑着说。

莫妮卡说："弗兰克有您这样的朋友真幸福。弗兰克还是个小男孩的时候，他的父亲和我的婆婆之间因为一些家族琐事闹翻了。老太太就这样，她和家族里的所有人都有过争吵。但弗兰克的父亲打心眼里对我的婆婆很敬重，我想弗兰克也可能和您说起过，弗兰克父亲死后，只留给弗兰克一屁股债务，而婆婆对弗兰克这个孙子今后的生活却不闻不问，放任自流。弗兰克对婆婆冷漠无情的态度感到很失望。那时候西塞丽还在上小学，除了婆婆祖上传下来的这所大房子，我丈夫每个月只发那么一丁点工资，只够维持我们一家三口的生活，根本无力抚养弗兰克，我也不知道我能帮上他什么忙。这孩子在我们面前从未抱怨过什么，他真是个可怜的孩子。但是，好人终有好报，他有幸认识了您，希娃女士，尽管婆婆剥夺了弗兰克来自家庭的爱，但是您给予了弗兰克母亲般的温暖和关爱，您真是个好人，这就是我想结识您的原因。当然，还有另一个原因，关于这起谋杀案，弗兰克每次从警局回来并未多说什么，弄得家里人心惶惶。"

希娃轻轻地敲了敲针，说："您想问什么？"

莫妮卡·阿伯特赶紧说道："普通谋杀案的起因大多是凶手醉酒或仇富心理作祟而谋财害命，但这起案件与以往案件大不相同，我们不仅不知道因何而起，连是否发生过凶杀都无法确定。真是骇人听闻啊！"

希娃小姐笑了笑，说："夫人，玛丽·斯托克斯是这个案件的重要当事人，她所说的一切证言关乎整个案件的调查方向。在您的眼中，玛丽·斯托克斯小姐是个什么样的人？说得越详细越好，你要知道，任何犯罪往往会出现在被人们忽略的细节中。"

莫妮卡略带犹豫地说："我……不知道。"

希娃轻咳一声，说："您不知道？"

莫妮卡说："嗯，关于斯托克斯小姐，我没什么可谈的。我和她不太熟，而且我不喜欢她。我只能告诉你关于她的一点信息。她大约二十四五岁，但看起来很老成。玛丽不是迪平村的常住人口。战后，她任职于一家家政公司。我丈夫出国前，她经常来我家串门，但我们家和她家毕竟不是一路人。"

"哦？"希娃问。

莫妮卡说："村里年轻女孩喜欢效仿她的衣服和她的发型，但村里人并不喜欢斯托克斯，他们认为斯托克斯小姐有点装腔作势。"

"她真是这样吗？"希娃问。

莫妮卡回答说："平心而论，是这样的。你看她那么聪明，那么世故，根本不像农村姑娘。她辞去城里的职业后来到农场，协助她的叔叔料理农场的琐事。农场工人们对她很好，但我认为斯托克斯这类人不属于农场。她以前在兰顿城里从事办公室职员工作，因为生病告了一个月病假。我相信公司迟早还是会让她回去上班的。"

"斯托克斯漂亮吗？"希娃问。

"是的！"莫妮卡答道。

希娃将织好的半英寸蓝色织物挪到棒针的尾端，将棒针前端的针尖伸出来一截，问道："美在何处？"莫妮卡大笑着说："所有男人喜欢的那样。蔚蓝色的大眼睛，妖娆的身段。"她伸出一只手的食指在空中画出个"S"，笑着说道："真是我见犹怜啊。"

希娃的眼睛平静地注视着莫妮卡，问："那你为什么不喜欢她？"

"我就是不喜欢她。"

"你总得给我个不喜欢她的理由吧。"希娃笑着说。

莫妮卡沉默片刻，说："我觉得斯托克斯是草丛里的一条美女蛇。"

"呵呵！"希娃附和着。她一手拿着淡蓝色的毛线团，另一手抻出两码毛线。阿伯特夫人看起来是个和善、正直的贵妇人，并不是那种刻意跟美女过不去的人。但阿伯特夫人提起玛丽恨得咬牙切齿的表现实在太奇怪了。希娃的心中不禁有个大胆的假设，也许玛丽·斯托克斯正是破坏西塞丽和格兰特婚姻的第三者。

希娃自然而然地将谈话焦点转移至西塞丽身上。她抬起头，望见墙上挂着一幅美丽的水彩肖像画，走到画前。

"这是您女儿吧，一看就是。"希娃问。

莫妮卡叹了口气，说："是的，那时西塞丽才7岁。现在西塞丽和小时候相比，相貌几乎没怎么变，就是变得不快乐了。"

莫妮卡接着说道："西塞丽和她的丈夫吵架了，我想弗兰克已经和你说过了。如果西塞丽能够告诉我原因，也许我能帮上她什么忙，但是她对我只字未提。这孩子从小让我惯坏了，从出生到现在，我从未动手打过她，虽然她很淘气，但我是始终认为，动辄就打孩子，会使孩子的性格和脾气变得更加孤僻和暴躁。"

希娃问："你不知道他们吵架的原因？"

"他俩谁也不说。"莫妮卡摊开双手，无奈地摇摇头。

"凡事总会有露出马脚的那一天。会不会因为另一个女人的出现导致他们的婚姻破裂？"希娃说。

"我不知道，但我不这么认为。"莫妮卡说，"谁能想到新婚夫妇婚后三个月就离婚了。但是这短短的三个月内，他们很相爱，如胶似漆，三个月后，两个人的新鲜劲丧失了，没有了爱情。西塞丽自从搬回娘家后，变得沉默寡言，什么也不愿说。不过他们离婚的原因不可能因为第三者插足，我看或许因为财产，西塞丽继承了她祖母全部的遗产。"

"弗兰克跟我说过。"希娃说。

莫妮卡顿时眼睛一亮，说："婆婆把所有家产都留给了西塞丽。最糟糕的是，我和他爸在国外期间，西塞丽是由她祖母抚养，她在祖母的保护和教育之下长大成人。"莫妮卡犹豫了一下，说，"有时我在想，西塞丽留在祖母家这么多年，祖母对她的教育使她对钱财产生错误的想法。西塞丽的祖母对钱财很敏感，她是个多疑的人，以为我们这些族人觊觎她的家产，所以老太太才把所有家产传给西塞丽，以此来羞辱我们这些做儿女的。"

希娃咳了一声，说："何以见得？"

"我猜的。"莫妮卡一副心不在焉的表情，说，"西塞丽对钱财没有概念，"她再次犹豫了一会儿，"这一点，西塞丽倒不像她的祖母，但是西塞丽跟祖母一样偏执，希娃，西塞丽什么也不和我说，我很为她担心。以前的西塞丽是个活泼开朗、热心肠的好姑娘，现在的她，就像个冰冷的人。"莫妮卡拿出手绢快速地擦了擦眼角的眼泪，"您和我是第一次见面，我却和您说这些不相干的闲事，真是不好意思，让您见笑了。"

第七章
尸体在哪

"我们到了。"弗兰克一边说，一边将车缓缓地停在路边。

希娃从车里走下来，打量着前方的死人林。看来除了死人林，没有更好的词汇用来描绘这个地方。希娃从未见过如此阴郁的树林，一眼望去，茂密的树林像个神秘的黑洞，静静地等待勇士前去挑战。多年以来，巫师爱德华的传说为这片阴森的树林增添了无尽的恐怖气氛。树林里稀疏地分布着若干棵枯矮的松树、高耸的冬青、零散的橡树残骸、紧紧缠绕在一起的老藤以及杂乱无章的灌木丛。

"弗兰克，这片林地的产权所有人是谁？"希娃边走边问。

弗兰答道："我猜是叔叔。但也有人说不是叔叔。从前，这条小路的左手边所覆盖的土地全部归属于汤姆林家族。小路的另一边则是公用承包土地。汤姆林家最后一个男丁在一百年前过世了，他膝下有两个女儿，一位嫁给了阿伯特家族，而另一位嫁给了哈洛家族。哈洛家族的财产规模不亚于阿伯特家族。汤姆林家族的住宅在一场大火中被烧毁，很长一段时间内，汤姆林宅基地处于无人看管的状态。有个迷信说法，称汤姆林家是不祥之物。我叔叔听村里的老人说，汤姆林家族曾经对这片林地下过诅咒：哈洛家族和阿伯特家族将永生无法得到这片林地的所有权。一百年来，哈洛及阿伯特两大家族因此反目成仇。直到近几年，两家签订契约，契约内规定这片林地的所有权归阿伯特家族所有，这件事才算有个了断。"

"那房子呢？那所木屋产权应该和林地归同一家族所有。"希娃问。

弗兰克说："我没见过那所木屋，但据村民反映，那所木屋早已被烧毁。当地警察说，从前村里有一条小路直通这里，就在橡树的附近，但是现在，这条小路上长满了枯藤和荆棘，无法通行。如果玛丽·斯托克斯说的是实话，那么，我们现在的所在地即为玛丽目击凶手的地点。如果露易丝·罗杰斯的尸体还在现场，我相信玛丽所说的一切是真实的。但问题是露易丝的尸体不见了。你看这里，星期六后就没下过雨，玛丽的脚印还留在淤泥里，清晰可见。"

希娃跨过沟渠，沿着河岸走了一段路程。她蹲下身来，看了看地面上遗留下来的一串脚印，转过身，问："你说的那个木屋离这里多远？"

"根据叔叔的指引，大概距离这里半英里远。从前有很多条小路通往木屋，但现在一个都没有了。"弗兰克回答说。

希娃咳了一声，说："沟渠里遗留的木头勘查过了吗？"

"我都搜集起来了。"弗兰克说。

"很好，弗兰克！"希娃赞叹道。

"严格来说，我作为第三者无权经办这个案子。警局也不会同意我参加破案小组。现在兰顿警局接管这个案子，负责这个案子的乔·坦伯利是村里出了名的铁血警官，他可不会告诉我案情的任何进展和线索。我不清楚他知不知道我是伦敦警局的警察，作为上校的侄子，被卷进这个案子里让我感到很难堪。"

"真糟糕。"希娃摇摇头。

弗兰克边走边说："从现场地面来看，灌木丛地面没有被拖拽的痕迹。试想，一个男人在夜晚拖着一个女人行走在灌木丛中，怎么可能不留下明显的痕迹呢？没道理呀。"

"你进入树林后走了多远？"希娃问。

弗兰克说："没多远。事到如今，我作为案件的知情人无法坐视不管。今天下午，我就把史密斯警官从兰顿请来跟我一起梳理案发现场，不过我想情况不是很乐观。"

"那所木屋呢？"希娃问。

"木屋？离这半英里远。"弗兰克说。

"你们搜查过木屋吗？"

"没有。我从史密斯的表情看出，他对这起案件也是丈二和尚摸不着头脑。当务之急是找出具有说服力的证据。目击者玛丽说亲眼看见一具血淋淋的女尸被拖到灌木丛中。但是当警方按照玛丽提供的地点赶到这里时，地面上根本没有所谓的尸体、血迹，更没有留下被拖拽过的痕迹。那么警员们会得出怎样的推论？目击者玛丽肯定在说谎，因此，警员们更不会亲自走进树林里一探究竟。"

希娃神色坚定地说："带我去木屋看看。"

弗兰克万分惊讶地看着希娃，说："什么？难道你能从木屋残骸里找到露易丝？"

希娃说："我不太确定，我只是想先去看看那所木屋。"

弗兰克笑了笑，头摇得像个拨浪鼓一样，说："希娃，试问，一个人怎么会先在木屋里杀害死者，然后把死者拖到灌木丛里，故意让玛丽看见他疯狂的所作所为，最后又把尸体拖回木屋？他是如何做到在地面上不留痕迹的呢？太不可能了。"

希娃轻声咳了一声，说："如果这种情况不可能，那就不能发生命案了。"

弗兰克狐疑地看着希娃，说："好吧，你打算第一步怎样办？见见玛丽·斯托克斯？还是继续留在在灌木丛里排查现场？"

"我认为最好先见见玛丽·斯托克斯。"希娃说。

弗兰克正有此意。面对种种疑惑和不解，弗兰克和希娃只能再次前往玛丽家中，以便弄清来龙去脉。这个案件看起来是个无头案，玛丽要么在说谎，要么她所说的都是真话。如果是前者，玛丽对村民所说的一切谣言不攻自破。如果是后者，这件案子实属恶性案件，玛丽在星期六当天所遭遇的一切，恐怕比她所诉说的情节还要可怕！对于玛丽所说的话是真是假，弗兰克坚信希娃有一套独特的方法进行判断。但唯一让弗兰克感到担忧的是：此行极有可能会让他和希娃二人无功而返。

不多时，弗兰克和希娃开着车来到了汤姆林农场。二人在玛丽婶子的引领下来到汤姆林农场会客厅，玛丽婶子称玛丽正在农场干农活，她去叫玛丽前来会客厅见面。玛丽婶子离去后，冰冷的会客厅内只剩下弗兰克和希娃二人。趁此间隙，希娃用她那敏锐的双眼环顾四周，这间面积不大的客厅尽收眼底。斯托克斯家虽称不上大富大贵，倒也是个体面的人家。墙面上贴满了大马士革花式壁纸；一具狐狸头面具悬挂在黑暗的墙角里；客厅的中间摆放着一张三腿圆桌，圆桌上蒙着一块栗色蕾丝边针织桌布；紧挨着三脚圆桌的，是一个陈旧的实木橱柜矗立在墙角，橱柜里的餐具散发出抛光后耀眼的白色光亮。橱柜左右两边的墙面上分别挂有斯托克斯先生以及夫人双方父母的正装照片。照片里，两位老先生的表情很不自然，想必是被西服的翻领以及脖领处的领带勒得透不过气了，但是两位老妇人看上去却是一副端庄、慈祥的面容。实际上，斯托克斯先生的老母亲斯托克斯夫人的照片，是在老斯托克斯先生过世后拍摄的。从她的穿戴——黑色长裙和葬礼飘带帽子可知，她当时已经是个寡妇。

除此之外，希娃还注意到，19世纪风靡一时的精雕胡桃斗橱坐落在墙角，橱柜上的铜制把手在灯光的映衬下发出耀眼的黄光。客厅很干净，没有一丝灰尘，窗明几净，随处可见的各种装饰品将这个客厅布置得温馨而舒适。

大约十分钟后，玛丽迈着轻盈的步伐走进会客厅。她的装扮很时髦，和迪平村里的农村姑娘大相径庭。希娃端详着眼前的玛丽。乍一看，玛丽真是个年轻漂亮、妖娆张狂的大美女。但是和她相处的时间稍长，希娃就不禁开始怀疑自己当初的想法，她不是个耐看的女人，这个莫妮卡口中的"美女蛇"只是浪得虚名。

玛丽身穿深蓝色连衣裙，胸前别着一枚闪闪发亮的钻石胸针，她的头发上抹了发油，显得顺滑黑亮。也许，正是这些华丽的衣装和时髦的发型，让迪平村村民误以为玛丽是个爱慕虚荣的坏姑娘。"你好。"玛丽站在弗兰克面前，毫不扭捏地伸出右手，一把握住弗兰克的右手，表示友好的欢迎，尖细的嗓音让弗兰克听起来很不舒服。

"您好，玛丽。我是从苏格兰来的刑侦警官弗兰克·阿伯特，现在，我需要对你做一些询问。我希望你不反对希娃女士在场旁听。"

玛丽骄傲地把头一扬，不屑地瞟了一眼希娃，一屁股坐在离她最近的椅子上，跷着二郎腿，露出蓝裙子下的丝袜。她有一双魅惑的蓝眼睛，这双勾人的眼睛正打量着她眼前这位风度翩翩的年轻男警官。玛丽自认为弗兰克和村里的男人们一样，此时也被自己美丽的外貌所吸引，毕竟没有哪个男人不喜欢美女，可是，此时的玛丽并不知道，正是她的轻狂和贪婪渐渐地将自己推向死亡的边缘。

玛丽莞尔一笑，说："当然不会，高兴还来不及呢。"

弗兰克拿出记事本，把记事本放在茶台上。除了弗兰克的记事本，茶台上还摆着玛丽的家庭相册和一本《圣经》。弗兰克翻到记事本的空页，拿出铅笔，说："玛丽小姐，我刚刚对死人林进行排查，现场遗留的证据显示，除了你来过此地，再无他人。"

玛丽注视着弗兰克，说："可是乔·坦伯利和史密斯警官也去过那里，除了警务人员，还有谁敢去。"

玛丽为自己一开场就掌握主动权而感到窃喜，但弗兰克毕竟也是身经百战的老行家，他盯着玛丽继续说道："恐怕这不是我们讨论的焦点，正如你所说，史密斯和乔·坦伯利的确去过死人林，他们的脚印在现场都很容易被查到。除了这二位警官，你应该还记得当时我也在场。现场除了这些人员的脚印，再没有其他的痕迹。按照你的说辞，那个男人把女尸从树林里拖出来，但警方寻遍泥塘和河岸都没有找到该男子的足迹，也没有找到拖拽痕迹，你怎么解释这个事实？"

玛丽微微抬起头，说："警官，我从未说过那个男人是拖着尸体，当时天很黑，他很可能扛着尸体啊。"

"那样的话，他的脚印会更加明显。"弗兰克说。

玛丽耸耸肩，撇了撇嘴，一脸轻松地说："也许你根本没找对地方。"

"毋庸置疑的是，你的脚印倒是很清晰。你当时面向树林走去，那个男人是从树林的哪一边走出来的？"

玛丽紧抿着双唇，微微皱着眉头，说："我不知道。"

弗兰克说："斯托克斯小姐，当你刚走进死人林时，你听见前方的灌木丛里发出声响，这是你第一次见到我时说的一番话，不是吗？由于害怕，你快速地从沟渠的淤泥中跑过，爬上河岸，躲进了灌木丛里，"弗兰克挑了挑眉毛，继续说，"你的这一行为很古怪，能解释下为什么吗？"

"我吓坏了，换作谁都会这么做。"

"所以你就径直地迎着声响跑过去了？"弗兰克问。

"我当时没多想，因为害怕，我想藏起来。"玛丽说。

"但你为什么不掉头向反方向跑？为什么还要往你认为危险地带的方向跑？接着你就目击凶案了，不是吗？"弗兰克追问道。

玛丽大喊着："我告诉过你了，我当时很害怕，并没有多想！我也不知道为什么会顺着小路跑进树林。"

"你确定吗？"弗兰克狐疑地望着玛丽。

玛丽恶狠狠地瞪了一眼弗兰克，说："什么意思？"

"可是树林里并没有你的脚印。"弗兰克说。

玛丽的呼吸变得急促起来，惊慌地说："我不知道你在说什么。"

"哦？是吗？现场勘查结果表示，既没有你进入树林的脚印，也没有凶手走出树林的痕迹！这根本不符合常理。我在说什么，其实你的心里很清楚，其实你并没有穿过沟渠进入树林。"

此时，希娃是一个沉默而专注的旁观者。她坐在一把与家里的椅子十分相似的椅子上。这是一把黄色胡桃木椅子，优雅的弯弧靠背，精巧雕琢的葫芦腿，搭配绵软的椅垫，很适合女人做些针织或刺绣活。希娃戴着一双黑色羊毛手套，那是侄女艾舍尔送给她的圣诞礼物。她的双手叠放在膝盖上，静静地端详着玛丽。玛丽脖子上的那条珍珠项链随着急促的呼吸一起一落。不多时，她的脸上渐渐地泛起了红晕，额头上渗出细密的汗珠。希娃由此断定，弗兰克的几句简单的问话早已戳中玛丽的软肋，玛丽的内心被他们突然的到访弄得方寸大乱，。

"斯托克斯小姐，请你回答！"弗兰克冷冷地问。

"我不懂你在说什么。"玛丽索性将头扭向一边，刻意地回避了弗兰克的眼神。

"我不介意再重复一遍刚才的提问，玛丽，那天你并没有穿过沟渠进入树林，可你是怎么到达树林的？"

玛丽愤怒地反问道："我怎么到的？"

"是。"弗兰克说。

玛丽大笑着，带着挑衅的口吻说："你很想知道吗！"

"是的，"弗兰克冷冷地看着玛丽说，"你打算和我说实话吗？你最好实话实说，这件案子的性质很恶劣，而配合警方取证调查是每个公民应尽的义务。证人证词才是破案的关键。"

玛丽·斯托克斯用手拨弄了两下脖子上的珍珠项链，她的手上戴了一枚绿松石戒指，手指甲染成了红色。

"没错。我的确进入了树林。"玛丽说。

"多远？"弗兰克问。

"没多远。"

"那你也得穿过一条沟渠才能进入树林。"

"当时地面是干的，所以根本不会有脚印。"玛丽急忙辩解道。

弗兰克在笔记本中一一记下玛丽所说的一切，继续问："很好。但恐怕这会给你带来麻烦。到现在，你只解释了一个问题：为什么进入树林的方向没有你的脚印。但你始终无法解释为什么要来到案发地点。你说过，你跑进树林是因为你害怕，你完全不知道自己在做什么。而你害怕的理由是因为你听到了某种拖拽的声音。是这样吗？"

玛丽握紧了手里的珍珠，呼吸急促地说："对！"

弗兰克挑了挑眉，说："我并未测量过河岸至小路的实际距离，不过据我估计，差不多得 200 码。你确定你是沿着小路朝声音方向跑过去？"

玛丽不停地拨弄手里的珍珠，说："当然。"

"奇怪。"弗兰克说。

玛丽忽然暴跳如雷，"这有什么奇怪的，"她大声说道，"如果你非要打破砂锅问到底，那么你会发现所有的事情都是那么奇怪。当天，我沿着小路向树林走去，还没到树林，就听到一种奇怪的声音，随后立刻掉头往回跑，来到一条小沟前。我在沟前停住，站了一会儿，听见声音消失了，于是我又原路返回，继续往树林方向走。我的视力没有问题，因此在黑天的时候我也能看得一清二楚。没走多远，我又听见了同样的声音，我以为遇见的是个醉汉，我想还是躲在灌木丛中以防万一吧。"

"哦，原来你的视力在夜间很好。"弗兰克喃喃地说道。

"有什么不对吗？"

"这是条很有价值的线索。原来你一直躲在暗处。你站在灌木丛里，看见有人拖个尸体从你眼前经过。如果你的视力没什么问题，在黑暗中你应该能看清此人是拖东西还是扛东西，对吧？"弗兰克说。

"我说过了。"玛丽说。

"我记得你曾说过记不清了，玛丽，我再次要你确定，你所见的那个人到底是否有拖拽的行为？"弗兰克继续问。

"我说过，那个声音听起来像是拖东西的动静，不过凶手也可能扛着尸体啊。"

弗兰克犀利的眼睛盯着玛丽，说："好吧，就算凶手拖着尸体或者扛着尸体，相对你来说，他从哪边出现的？在你的右手边？"

弗兰克的这个提问彻底激怒了玛丽，"我没看清，当时天很黑！"弗兰克平静地说："但你刚刚还说自己在夜间视力超凡。斯托克斯小姐，你肯定看见了凶手出现的地点以及行动的方向，从你前方或者后方。"

"我……我的右手边。你把我弄糊涂了。"玛丽支支吾吾地说道。

"呵呵，抱歉。如果他从你的右手边出来，那么他必须得经过一个潮湿的泥塘。我告诉你，一个人拖着尸体或扛着尸体走在泥巴上却不留脚印，这是不可能的。"

听到这，玛丽的手指一动也不动，压在珍珠上，沉默不语。弗兰克继续说道："你说凶手把尸体放在路边，他的手中拿着手电筒？"

玛丽微微颤抖一下，说："是的。"

"你看见他拖了个什么东西？"弗兰克问。

玛丽抬起头，神色略显慌张，惊恐万分地望着眼前的弗兰克，一只手紧紧地攥在一颗珍珠上，另一只手搭在膝盖上，握紧了拳头。一盏茶的工夫过后，玛丽终于开口了，她像上了发条一样，话语忽然多了起来，急促的呼吸难以掩饰。"天啊，简直太可怕了！那个女人头部受到打击，我看见她的头发上有好多血，眼睛瞪得很大，她肯定死了。借着男人手里手电筒的灯光，我看见一枚闪闪发亮的耳环，那是镶满钻石的耳环。"

"多大的耳环？我想请你具体地描述一下。"弗兰克说。

"好像是婚礼专用的一种耳环。这枚耳环大约半英寸或三分之一英寸，具体多大，我没测量过，不敢说。现场只有一枚耳环，那个男人在尸体上搜了半天，把尸体翻过来翻过去，好像在找另一枚钻石耳环。他用手指快速地梳理尸体的头发，把死者的头发丝搜了个遍。"说到这，玛丽打了个冷战，接着说："最近我总是梦见那个场景，好几次在夜里惊醒！如果当时他发现我了，我很可能就会成为下一个受害者。他刚走，我就从灌木丛中跑了出来。"

希娃小姐像往常一样轻声咳了一声，说："玛丽小姐，我很同情你，这真是一段可怕的经历。这段恐怖的经历回忆起来也是相当痛苦的，当事人不愿再次提起痛苦的往事也是情有可原，我和弗兰克表示理解。但是，我相信你会竭尽全力地协助弗兰克警官找到凶手。凶手不会逍遥法外，他迟早会露出马脚的。我很好奇一件事，你说手电筒的光被耳环上钻石反射出亮光？"

玛丽警惕地盯着希娃，说："是的。"

"那么你肯定注意到头发上的血迹是否新鲜。"

"我没有注意。"玛丽说。

　　"好好想想，玛丽，这条线索很关键。"弗兰克说。

　　玛丽摇摇头，一脸委屈地说："当时，我根本来不及想什么新鲜不新鲜的血迹，我更加担心的是我的命！我会不会是下一个受害者。"

第八章
木屋里的毛毯

　　果然不出所料，弗兰克和希娃从玛丽那里并没有得到任何新的线索。他们匆匆告别了玛丽，开着车离开了玛丽的住所。回程中，希娃摇下车窗，远眺窗外，不知何时，乌云早已布满了大片的天际，空气中弥漫着泥土的腥味，雾霭茫茫，一时间，希娃忽然感觉有点喘不过气。

　　"快看，那里就是玛丽说的进入树林的起点。但至今无法确定玛丽所说是否属实。你看这条水沟早就干涸了。"弗兰克将车停在水沟旁边，指着车前的一条干涸的水沟说道。

　　希娃从车里下来，走到弗兰克示意的地点。杂乱无章的树木，低矮茂密的灌木丛，这些现象与玛丽·斯托克斯以往的描述完全吻合。弗兰克站在干涸的水沟里一遍又一遍地模拟玛丽穿跨水沟的动作。

"看，希娃，玛丽本可以像我这样跨过水沟跑入树林，但是她并没有。"弗兰克结束模拟后，喘着粗气说道。

"是的。"希娃略带沉思地说，"我想知道案发现场所处的地理位置，比如，位于树林和农田之间的这条小路通向哪里？"希娃问。

弗兰克眼睛一亮，说："这条小路是村里主车道的一条分支，这条主车道从村口通向阿伯特别墅和格兰奇庄园后门，格兰奇庄园就是马克·哈洛家族的庄园。

"这条主车道在两个庄园和这片树林之间？"希娃问。

"车道位于树林和阿伯特别墅之间。咱们现在所在位置是我叔叔家的庄园地。左手边的田地归哈洛家。"

"主车道的另一边是谁家的田地？"希娃问。

"另一边是狄普塞庄园，海瑟薇家的田地。"弗兰克答道。

"村里的主车道还在使用吗？"希娃问。

"还在使用中，这条主车道通向兰顿城。从前，这是唯一一条直达兰顿的道路。村里也修建过一条新路，但几乎没人走。因为这条新路离这三家庄园太远，我的曾祖父觉得新建的公路很不方便，他总吵着要搬家。"

希娃小姐陷入沉思，喃喃地说："因此，死人林是一个不规则的长方形林地，我们开车来的这条小路是主车道的一条分岔乡路，村里的主车道可以通向阿伯特别墅庄园后门。"

弗兰克笑着说："完全正确。"

"木屋距离玛丽所说的目击现场近一些？还是距离主车道更

近一些？"希娃问。

"离玛丽所说的现场近些。准确地说，距离我们目前所在地更近。"弗兰克说。

"弗兰克，我提个建议，咱们沿着这条小路一直走下去，找到木屋。"希娃说。

弗兰克张大嘴巴，吃惊地望着希娃说："为什么？"

希娃微笑地说："你已经问过一遍了。"

"可是你没告诉我原因啊。"

"那么我告诉你我为何执意寻找木屋。在此之前，我做了很多猜测，有些猜测和案子并不相关，有些只是基础的关联推断。但是我现在可以负责任地告诉你两点。第一，玛丽撒谎了。她躲在灌木丛中亲眼所见凶手拖运尸体的事实不成立。这一点，你对她的说法也提出过质疑。但是她亲眼所见凶手寻找耳环的情节倒是真实的。我也相信玛丽所说的这一部分情节是准确无误的。凶手担心自己会因另一只不知遗失在何处的钻石耳环而露出马脚。所以，他才在现场拼命地搜索那枚耳环。"

"你说她讲的都是真话？"弗兰克不解地问。

"是。事发当天，玛丽目睹了可怕的这一幕，内心的惊慌和恐惧迫使她仓皇而逃。由于某些隐秘的因素，玛丽不肯说出实情，她对咱们隐瞒了实际的目击地点，也就是说，实际的案发现场并不在这条路上。"

弗兰克狐疑地望着希娃，说："在对玛丽进行两次问询的时候，玛丽对那具消失的女尸和失踪的钻石耳环含糊其辞。我差点认定玛丽是凶手。"

"她不是凶手，弗兰克——她知道她在说什么。你对她进行询问时，她表现得十分恐惧和惊慌，几乎失去了理智。这种真情流露是装不出来的。"

弗兰克点点头，说："是的，我也注意到了。你说得很对，那么我们现在去哪？"

"去木屋。"希娃说。

"现在？"弗兰克问。

"对。"说完，希娃头也不回，沿着脚下的小路大步地向前走去。弗兰克见状，随即一路小跑跟在希娃的身后。

"其实我还想载你去村里和主车道看看。"

"谢谢！弗兰克，不过今天空气很好，我还是徒步去吧。"希娃说。

弗兰克沉默片刻，问："我们能在木屋里发现什么线索？"

"到那我们就知道了。"希娃说。

弗兰克笑着说："难道你不先做一个预判吗？"

希娃摇摇头，说："破案不能仅仅靠想象，当然，一切皆有可能。"

"什么可能？"

"我一直很好奇究竟是什么原因使玛丽·斯托克斯隐瞒实际的案发现场。玛丽为什么要撒谎？她为什么隐瞒实际的目击现场？这其中必有隐情。也许，这个理由对玛丽的生命构成了一定的威胁。弗兰克，你说呢？"

弗兰克轻轻地吹了一声口哨，说道："你的意思是玛丽受人指使被迫对我们撒了谎，对吗？"

"还有别的解释吗？"希娃说。

"那木屋和玛丽有什么关系呢？"弗兰克一头雾水。

"从玛丽这个人的性格特点方面分析，玛丽是个城镇姑娘，她来到汤姆林农场实属情非得已。汤姆林农场的生活对于玛丽这个城镇姑娘来说既无聊又苦闷，于是她凭借自己的美貌和气质成功地吸引了村里的男人们，她很享受和男人们勾勾搭搭、打情骂俏的浪荡生活。我认为你应该向村里人打听打听，看看能不能查到关于玛丽的一些花边八卦。"

"你的意思是玛丽可能和某个男人在木屋里幽会？"弗兰克问。

"对，极有可能。那所鲜为人知的木屋是情人最佳的幽会场地。为了去木屋，玛丽可以选择抄近路，沿着这条小路到达木屋。木屋是迪平村的禁忌场所，村里人谈之色变，避之不及，更不会前往那所木屋。所以，这就给玛丽和他的情人创造了一处绝佳的幽会场所。"

"她敢去木屋？她不在乎那些可怕的诅咒？"弗兰克问。

"据我观察，玛丽是个机灵、老成的城镇人，也是个现实主义者，她是个地地道道的无神论者。一位坠入爱河的年轻女孩，为了见到自己的情郎，什么都可以不管不顾，她才不会在乎 200 年前的诅咒传说。她的心里所惦念的只有她的情人。"

弗兰克点点头，继续问："她的情人呢？难道他真的那么爱玛丽，也不在乎木屋诅咒了？还是有什么别的原因？"

希娃咳嗽一声说："目前来看，有两种可能性。不过，首先，我们得弄清玛丽的情人不敢公开露面的真实原因。如果是合理的情侣关系，他们可以光明正大、大大方方地一起出门，二人不必偷偷摸摸地相约在木屋里见面，利用木屋的隐蔽性来掩人耳目。那么，只有一种可能：玛丽和她的情人一定存在着有违道德伦理的不正当男女关系。她的情人可能是个有妇之夫，或者是个和玛丽家背景相差甚远的人。"

弗兰克大笑说："玛丽在恋爱，怪不得她敢来这里。"

希娃连声咳嗽，说："弗兰克，我并不同意你的说法。那不叫恋爱。"

"你说得对。我们暂且先把玛丽的恋爱史放在一边，换句话说，我们接下来应当在迪平村里寻找非当地户籍的男人，对吗？"

"没错。"希娃说。

"看，前面有一条小路，这条小路应该就是去往木屋的唯一途径。"弗兰克指着前面的小路说。

说话间，二人顺着这条小路走进了阴森的树林。树林里的灌木丛并不是很茂密，这里零星地生长着几棵榛子树和若干冬青，几条树藤死死地缠住一棵干枯的老树，稀疏的灌木丛连成一片，像是人为种在一起，形成一道天然的屏障。长久以来，由于没有人在这里居住或开垦，这里的景象一片萧条，荒无人烟。

弗兰克半开玩笑地说："哦，对了，我倒是想起来一个可以和女孩幽会的地方。"

希娃没好气地说："你还能想到别的案发现场？"

弗兰克撇撇嘴，无聊至极便吹起口哨，突然，希娃抓住弗兰克的胳膊，大声说："看啊，弗兰克，我说的没错。这里的泥巴上留有脚印！"弗兰克的目光跟随希娃的指引望去，地面上的泥巴上印有三四个非常清晰的脚印，一看就是女人的脚印。每个脚印之间的距离约为十几英尺，但所有的脚印统统没有完整的后脚跟印记。弗兰克惊呼道："希娃，你的推理完全正确。这些脚印显示，玛丽实际上是从这里跑到林子外的河沟里，因此林子外的河沟里留有玛丽的脚印。"弗兰克直起身子问，"那么下一步该怎么办？我觉得我应该先把你送回家去，然后打电话给史密斯，把这条重要的线索告诉他。"希娃咳了一声，说："弗兰克，我们暂时不能回去，我们在寻找线索这一环节上浪费了太多的时间，既然有价值的线索已经渐渐地浮出水面，我们莫不如一鼓作气，再找找看。"

两人沿着小路，穿梭在紫杉林中，脚下湿滑的青苔让弗兰克差点栽了个跟头。不多会儿，二人已经来到木屋门前。200年前的爱德华传说早已无从考证，如今，木屋的外观看起来仍然完好无损，二楼和一楼各自装有两扇没有玻璃的窗框，左侧是入户门，门外四周砌有石墙围栏。木屋大门依然还在，只是早已化为一堆朽木，弱不禁风地靠在门框上。

"真是物是人非啊。此情此景，倒是让我想起一句诗：'可怕的过往都已消散。'"希娃无奈地摇摇头说道。

"可不是嘛，只剩一堆烂木头了！"弗兰克打趣地说。

二人来到木屋后院，在一个不起眼的角落处，弗兰克发现一个被灌木丛覆盖的洞口。于是，他自告奋勇，用强壮的力量把洞口处的灌木——折断，只身潜入幽暗的洞穴。

"慢点，楼梯上有许多小窟窿。"弗兰克提醒从洞口下来的希娃。原来这是一间厨房，厨房的地面上铺满了浆砌石子，房梁上挂着许许多多的蜘蛛网，随处摆放的旧物上积满了厚厚的灰尘。令他们感到奇怪的是，厨房的地面中有一条石子路竟然一尘不染，像是经过打扫一番。于是，二人顺着这条石子路慢慢地踱进一条黑暗的通道。这时，弗兰克掏出口袋里的手电筒，打开开关照向前方，映入二人眼帘的是一条狭窄、悠长的廊道。弗兰克和希娃沿着廊道继续向前走去，弗兰克感觉这条狭窄的廊道不同于厨房里坚硬的石子路，踩上去软绵绵的，很是舒服，好像是踩到了柔软的地毯之上。狭窄的廊道最终在两扇门前戛然而止。这两扇门，一扇朝右开，外观看上去破旧不堪，锈迹斑斑的铁锁悬挂在门前。另一扇朝左开，外观看上去要比第一扇门好得多，门和门锁完好无损。弗兰克小心翼翼地举起那扇右开门的门锁，借着手电筒的灯光将这扇门上上下下看个遍。忽然，他惊呼道："看，虽然这扇门看起来破败不堪，但这扇门的门轴却是新的！好像有人刻意更换过门轴。"说完，弗兰克推开大门，径直走进房间，用手电筒将房间照了一圈。

"尸体不在这。"弗兰克用略带失望的语气说道。

弗兰克发现，这间房里唯一的小窗户被人用木条封住，并且木条和窗框间的缝隙塞满了报纸。他蹲在一个壁炉旁边，用手电筒照亮了壁炉旁的袋子，缓缓地说："看来有人故意将这里弄得不见光。那些烧焦的木炭意味着某人曾使用壁炉在这里生过火。"

　　借着微弱的灯光，希娃注意到壁炉的对面放有一个爬满青苔的橡木高背长靠椅，靠椅的一只腿刚刚被修补过，而修补材料并非橡木原料。

　　"看！"忽然，希娃惊叹一声，弗兰克立刻随声望去，一条绿色军用毛毯赫然地铺在靠椅之上！

第九章
玛丽的花边新闻

扫码听本章节
英文原版朗读音频

弗兰克和希娃二人结伴前往木屋里一探究竟。

"希娃，这间木屋里肯定留有大量的指纹，为了保护现场，我们最好还是回去告诉史密斯，请史密斯警官携带专业仪器来木屋提取指纹。"弗兰克说。

老话说"耳听为虚，眼见为实"，在木屋里并未发现所谓的陌生女尸。不过木屋外的女人脚印足以验证玛丽对他所说的证词均为事实：她的确来过木屋，受到剧烈的刺激后慌张地逃离了这里。但玛丽究竟因何仓皇而逃却不得而知。从崭新的门轴、虚掩的窗户以及居室内一些生活用品可以推断，此地经常有人前来打扫和使用，这个人长久以来将木屋作为生活据点以此达到瞒天过海的目的。但弗兰克的手中至今并未掌握确凿的证据，这些推论无法坐实。可是，退一万步来说，即便玛丽真的和一个有妇之夫在木屋里做些苟且之事，这也顶多算是伤风败俗的道德问题，并未构成刑事案件，弗兰克作为一名刑侦警官，无权干涉他人的隐私。这起离奇的无头案将他陷入一个错综复杂的谜团之中，如坠五里雾中。他此时此刻唯一能做的，只有扩大搜索范围，努力寻找那名失踪的女房客和那枚遗失的耳环。

希娃听从了弗兰克的提议，不到正午时分便赶回了阿伯特别墅。午饭后，希娃躺在客厅的沙发上准备午休。弗兰克正在向史密斯警官汇报他的重大发现，这时，女主人莫妮卡领着两位妇人走进客厅，向大家介绍说："这是阿尔文娜小姐——上任教区长的女儿。这位是鲍尔丝太太，她是我家医生西里尔·温菲尔德的姐姐。"

"中午好，二位女士，能和我说说村里最近有什么八卦新闻吗？"弗兰克说。

莫妮卡笑着说："弗兰克，你看我们谁像那种长舌妇，我们从来不关心那些子虚乌有的小道消息。不过今天，就为你破一次例，你想听谁的八卦？"

"谁的都行。但我更想听关于玛丽·斯托克斯的，她最近和谁交往密切。像她那样的人在村里应该很招风吧。"弗兰克问。

莫妮卡的眼睛转了转，想了一会儿，说："说来也奇怪，目前为止，我还真没听说过关于玛丽的什么八卦。对了，村里人都在传乔·坦伯利喜欢玛丽，但乔最终还是在玛丽那碰了一鼻子灰。"

"以玛丽的眼光，乔根本配不上她。"弗兰克说。

"没错，玛丽没好气地拒绝了乔。"莫妮卡说。

弗兰克皱了一下眉，说："莫妮卡婶子，玛丽在这个村里有一个地下情人。我想尽快知道那个男人是谁。不过我只有大致的搜索方向，这名男子可能不是迪平村本地人，但是他曾经是名服役军人。他和玛丽长期保持地下情人关系。你能帮我找找吗？"

莫妮卡眼神游离，若有所思，怯生生地问道："弗兰克，你怎么知道的？"

"知道什么？"弗兰克问。

"你说那个男人曾经服过兵役。可是我根本不了解玛丽。"莫妮卡说。

"也许，阿尔文娜和鲍尔丝太太能帮上忙。"弗兰克说。

"关于玛丽的八卦，她们应该有所耳闻。阿尔文娜和鲍尔丝太太总能打听到一些小道消息，不过这些话千万别让西塞丽听见，西塞丽最不喜欢她们这样七嘴八舌地谈论他人的隐私。"莫妮卡趴在弗兰克的耳边，小声地说道。

茶会在一片愉快的氛围中进行。希娃向在场的女士们传授她的编织技巧，为表示谢意，莫妮卡将卡德的草莓酱秘方告诉了希娃。

"那个秘方是我连哄带骗从卡德那要来的。"阿尔文娜得意地说，"我看她在厨房里做过一次。我也不知道她放了什么东西在里面，味道和别人家的草莓酱就是不一样。在这个村里，除了我，她是不会把自己的秘方告诉任何人。我和她说要给伦敦一位贵妇人送草莓酱，她才肯做。"

鲍尔丝太太调高声调说："我觉得你不该从艾伦·卡德那骗取秘方，"说着，鲍尔丝太太将她那双饱经风霜的手凑到火炉边，

"艾伦是那种宁愿自己死也不舍得散财的人。她没有财产可以挥霍，丈夫艾尔伯特又是个浪子，艾伦有了秘方，至少不会饿死。艾尔伯特曾经在司令部服过兵役，退伍后在老哈洛家当司机。老哈洛死后，侄子马克继承了遗产，艾尔伯特成了马克的司机。艾尔伯特很帅气，艾伦比艾尔伯特大十岁，长相一般，自从嫁给艾尔伯特就没过过好日子。艾尔伯特图艾伦什么啊？当然是艾伦家那点儿家产呗。我以前提醒过艾伦，艾尔伯特娶她只是为了钱，但艾伦不信。"

"艾伦是个很棒的厨子。"阿尔文娜说。

鲍尔丝太太接着说："艾尔伯特竟然让艾伦出来打工，这还是个男人吗？我和艾伦说过好多次，他挣的钱也多，但是花哪去了？"

"我没想到马克·哈洛还有钱雇司机，"阿尔文娜说，"据说老哈洛家产所剩无几……。"

"但是马克有自己的私房钱啊，"鲍尔丝太太突然语气加重地说，"他要是没钱，不可能置办那么多东西。"她转向莫妮卡，"你家女婿也是这样的人吧？格兰特虽说是您的远房表亲，还不如马克。阿伯特夫人，格兰特真的变卖了家族钻石吗？"

鲍尔丝肥胖的身躯把她身上的绿褐色格子花呢大衣撑得太紧了，像个圆球。看着鲍尔丝滑稽的装扮，莫妮卡差点笑出来。

她轻轻地说："我不知道，要不你问问他？"

"好啊，"鲍尔丝太太亢奋地说，"我们这些人都很好奇海瑟薇先生的投资是否能够成功。这种新式投资不适合我，得过好几年才能赎回本金和利息。不过，海瑟薇倒是聪明，他从大表哥那拿到了他想要的一切。"她丝毫没看出莫妮卡脸上的不悦。

莫妮卡本想替女婿格兰特解释一番，但她深知鲍尔丝太太不会善罢甘休，更何况马克才是本次茶会的主题，于是，莫妮卡说："马克接管格兰奇庄园时，正好格兰特刚回到迪平村。其实马克并不打算经营庄园。他说自己当了6年兵，退伍后该换个活法，好好享受闲暇时光。实际上他是个作曲家，没少赚钱。去年，他还为一部讽刺剧作曲，反响不错。那部剧叫什么……我记不住了，不过他确实是在忙于作曲。"

阿尔文娜喃喃地说道："他还是个很英俊的小伙子……"没等她说完，鲍尔丝太太的大嗓门又响起来："得了吧，马克能不在乎农场？他把农场托付给玛丽，自己当甩手掌柜，玛丽巴不得帮他管理农场。斯托克斯家经营一家大型乳品企业。玛丽如果用点心，凭她的经商天赋，肯定能把家族产业做大。我问过玛丽的婶子，为什么不给玛丽找份工作，她婶子支支吾吾地说玛丽还不到工作的年龄。我告诉她，玛丽都是个大人了，她可以自己上街卖鸡蛋和黄油，可以见自己喜欢的年轻男孩。她婶子听我说这些话反而很不高兴，不客气地说自己也还有事情要忙，差点把我撵出去。"

希娃放下手中的茶杯，说："小村里有不少的新闻啊。玛丽还卖鸡蛋和黄油？阿伯特太太，你买过吗？"

莫妮卡说："有时我家的母鸡不下蛋，我会在玛丽那买一些。但是我家的黄油都是西塞丽做的，味道不错。"

"确实很好吃，"希娃说，"乡下的黄油最正宗，夫人，你家邻居也买玛丽的鸡蛋吗？"

突然，鲍尔丝太太大笑起来，说："马克·哈洛和格兰特·海瑟薇也买。农场主还要买黄油，可笑不？我告诉马克村里人背地里笑话他买黄油这件事，马克只是笑笑说，他买黄油是有道理的。玛丽每次卖黄油都会沿着主车道途经海瑟薇庄园、格兰奇庄园和阿伯特别墅，如果她看不见格兰特或马克，至少还能看艾尔伯特一眼。"

阿尔文娜叹口气，说："那她太无聊了，不过，女孩喜欢男孩子也很正常。如今，她受到了惊吓，挺可怜的，我觉得你这么评价她很不合适。"阿尔文娜转向希娃，继续说，"阿伯特夫人肯定和你说过玛丽的经历。当天，我和阿伯特夫人正在聊天，玛丽突然哭着跑进来，声称在死人林看见一具尸体。"

"是啊。"阿伯特夫人附和着说。

鲍尔丝大叫道："拉倒吧！玛丽自编自导了这一切。她厌倦了农场的生活，故意给自己制造些舆论炒作自己。"

阿尔文娜坚定地说："死人林不是什么好名字，难道你没听说过那个传说？"

"我想听听。"希娃说。

女士们把凳子向希娃凑过去，大家拢成一个圈。阿尔文娜声情并茂地再次向众人讲述爱德华和死人林的诡异传说。

"听起来是个带有迷信色彩的故事。"希娃说。

阿尔文娜点点头说："是的！我老爸对这类传说非常感兴趣。

他收集了很多这样的故事，并把这些传说故事编写成书，如果您想看，我的家里刚好还有一本书可以借给您。格兰特·海瑟薇家也有一本。他的叔公阿尔文·海瑟薇和我的父亲是好朋友，阿尔文·海瑟薇在 95 岁的时候去世了。他是我的教父，因此我叫阿尔文娜。"

"阿尔文娜是个很高雅别致的名字。"希娃赞叹道。

"阿尔文娜这个名字太难记了。谢天谢地，我的父母没给我起什么花哨的名字！梅布尔这个名字很好。"鲍尔丝太太忽然插进来，阿尔文娜听见鲍尔丝刚才那句话，脸涨得通红，眼睛里充满了怒火，她真想当着众人面直言梅布尔是个可恶的名字，但阿尔文娜是受过良好教养的淑女，她只能略带讽刺地说："像我这样的名字至少有个好处——大家不会厌倦。你的名字实在是太老土了，甚至在村里也没听说过。"

鲍尔丝夫人丝毫没听出来阿尔文娜言语中酸酸的挖苦，她顺手拿起桌上最后一块蛋糕吃了下去。

第十章
"好心人"的匿名信

漆黑的教堂里，西塞丽正坐在风琴前弹奏巴赫的《托卡塔与赋格》。她沉醉在美妙的音符之中，那些所有使她不悦的烦恼就像微不足道的尘埃淹没在恢弘的乐曲之中。

忽然，她听见黑暗的角落里发出窸窸窣窣的声音，她下意识地循声望去，是格兰特！他站在窗帘后呆呆地望着西塞丽。时间静止在这一刻，空寂的教堂里除了这对冤家，别无他人。

终于，格兰特打破了宁静。

"西塞丽。"格兰特呼喊着西塞丽。

听到格兰特的招呼，西塞丽娇羞地低下了头，她的脸泛起绯红，她的心提到了嗓子眼。

"你经常来这，太好了。"格兰特欣喜地说。

"我有吗？"西塞丽努力平复内心的波澜。

西塞丽不在乎刚才说了什么，因为她不想打破这一浪漫的时刻。西塞丽承认自己的确爱过格兰特，她知道，格兰特和她之间需要进行一次和平而友好的交谈。

"有人给我写了匿名信。"西塞丽冷冷地说。

语音刚落，西塞丽就后悔了。因为她从未想过告诉任何人关于这封匿名信的事，包括格兰特。

"匿名信？"格兰特大步流星地向西塞丽走来，站在风琴前，焦急地问道，"匿名信的内容是关于我们的？"

"关于你的。"西塞丽说。

格兰特伸出手说："让我看看那封信。"

西塞丽从包中拿出信封，撕开封口说："我本来想把这些匿名信烧了，但是转念一想，也许我可以顺着这条线索找到寄信人，所以我把这些信放在信封里密封起来，防止有人篡改信件内容。"

"是邮差给你送来的？"格兰特问道。

"不是。我拿到这些信的时候，只有信纸，没有信封。不知道谁把这些信件投递到我家的信箱里。"西塞丽拿出一张皱巴巴的纸递给格兰特，说，"看，字迹是打印的。"

格兰特翻开信纸，信上写道：

你想离婚，对吗？如果你想知道得更多，我愿意告诉你一个秘密。格兰特娶你的目的是为了你的家产。你难道不知道吗？还等什么，赶紧离婚吧。

好心人

突然，他的表情僵硬起来，说："貌似这个好心人偷听到我们的谈话了，还有别的信吗？"

西塞丽哽咽地说："还有两封。第一封是上个星期六收到的，两天后收到这封信。"说着，西塞丽又递给格兰特一张纸条。纸条上歪歪扭扭地写着：

"格兰特成了单身汉了。你不想知道周五晚上来他家的那个人是谁吗？如果你有自尊心的话赶紧离婚吧。"

接着，西塞丽又给了他一张纸条。但是这张纸条内容比其他信件更简略，甚至只是一句话。上面写着：

"你应该知道周五晚上发生了什么事。"

格兰特将三封信从西塞丽手中夺走，揣进了口袋里说："你还是把这些信交给我保管吧。如果还有来信，立刻告诉我，好吗？不能把这些信随意拿给别人看，我想从信上提取指纹。好了，西塞丽，我送你回家。"

格兰特和西塞丽在教堂墓地的小路上并肩而行，高低不平的小路旁栽种着高大的树木，在冬天的寒风中，光秃秃的树干和树枝像极了张牙舞爪的怪物，树上偶尔传来几声乌鸦的哀叫和鸟类扇动翅膀的声音，天色黑暗而阴沉，小路上长满了湿滑的苔藓，西塞丽打开了手电筒，格兰特笑着说："哈哈，村里又有八卦了——海瑟薇先生护送海瑟薇太太回家。"

"我倒希望别这样。"西塞丽赶紧反驳说。

格兰特接着说："我可不想让你独自走在这么黑暗的小路上，这太危险了。"

西塞丽憋住笑，问道"像玛丽·斯托克斯？你也认为她说谎了？"

"不过她好像真的吓坏了。"格兰特说，"树林里的那些大猫头鹰在夜间猛扑下来的声音很可怕。玛丽不是乡下姑娘，她没听见过猫头鹰的声音。警察对玛丽展开调查时，她编了一个故事糊弄过去了。我不明白弗兰克为什么要在玛丽身上浪费那么多时间。我本以为苏格兰警察厅会把弗兰克派到离家更近的现场办公。"

"我搞不懂，怎么还有人替玛丽·斯托克斯操心。"西塞丽嘟囔着。

格兰特说："我没有，我只听说玛丽受了惊吓，可是，我很好奇，到底是什么东西吓到她了？"

突然，西塞丽猛地站住了。不知不觉，她和格兰特走进了树林里。树林里苔藓丛生，道路湿滑，西塞丽感觉自己脚底一打滑，差点摔倒。

"可能是只猫头鹰吧。"西塞丽小声说。

格兰特说："你最近和马克走得挺近？"

"不可以吗？"

"绝不可以。马克谱曲，你弹奏，你俩配合得像夫妻一样。"

西塞丽被格兰特这句话气得直哆嗦，说："格兰特，你太可恶了。"

"我说的是事实啊。"

"马克是个聪明人。"西塞丽说。

"好吧，我劝你凡事多加小心。"格兰特说。

"事实根本不是你说的那样。"西塞丽辩解说。

"你喜欢马克，你是不是好几次想告诉我马克才是你的意中人？"格兰特追问道。

西塞丽知道格兰特在吃醋。如果此刻西塞丽发起脾气，那么这正是格兰特想看到的，他会全胜而归。于是，西塞丽很快地平复了内心的愤怒，语气平和地说："即便我真的喜欢马克，这也跟你没任何关系。"

"除非你和我离婚，你才能改嫁。如果我不同意离婚，你也别想从我身边溜走。"

西塞丽问："你同意和我离婚？"

"不。"格兰特斩钉截铁地回答。

"那三年后离婚。"西塞丽说。

"你说什么？"格兰特问。

"沃特森先生说过，三年后，我们的婚姻会自动解除。"西塞丽说。

格兰特毫无示弱，说："没错。如果我选择维持这段婚姻，你不该为此做点什么吗？"

西塞丽转过身，怒视格兰特，说："想得美！"

格兰特轻声笑道："看得出来，你对马克早已芳心暗许，你经常去教堂弹奏马克为你量身定做的乐曲，真是郎才女貌，多般配的一对佳人啊。"

"我和马克不是你说的那样！"西塞丽大声地辩解道，泪水止不住地从她那稚嫩的脸庞缓缓流下。

看着哭成泪人的西塞丽，格兰特的心中不免有些惭愧，他一个箭步冲上前去，一把将西塞丽揽入怀中。

第十一章
是真是假

　　这一天，弗兰克在木屋里忙了一下午。他在木屋里提取到一名男子和一名女子大量的指纹。有些指纹分布在窗户和壁炉附近，有些指纹则遗留在上锁的房间和走廊过道。而木屋的阁楼中并未发现任何指纹或脚印。

　　距离晚餐时间还有半个小时，弗兰克才从木屋匆匆赶回阿伯特别墅。希娃低着头，坐在矮凳上继续织毛衣，弗兰克站在壁炉旁，俯视着希娃说："显然有一男一女在木屋里幽会，他们在木屋里的活动轨迹和我们勘查的范围完全吻合。除了木屋的主卧室外，其他房间内均未发现指纹。现场除了这二人的指纹，再没有第三者留有痕迹。我猜测，这起案件可能是一男二女复杂的三角恋。你说呢？假设露易丝是某男的老情人，男子怕新欢玛丽知道老情人露易丝的存在，于是杀了露易丝。再或者，玛丽因嫉妒情敌露易丝而痛下杀手。如果第二种假设成立，即玛丽真的是杀害露易丝的凶手，那现场为什么没有玛丽的指纹呢？只有一种可能，玛丽作案的时候是戴着手套的。"

"如果露易丝死在那所房子里，地面肯定会有血迹，或者一些拖拽的痕迹。"希娃就开口说。

弗兰克把胳膊肘支在壁炉架上，望着希娃说："我知道。但是走廊已被清扫过了。史密斯把厨房那把桦木扫帚带回警局，看看能否在扫帚上找出线索。木屋里也没发现人为刷洗过的物品。"

希娃轻咳了一声，说："壁炉前的麻袋检查了吗？"

"没有血迹，"弗兰克稍停顿一秒，说，"有件事……也许对案情分析无关紧要。"

"说说吧，我很乐意倾听你的分享。"希娃说。

"还记得厨房和入口之间的那条走廊吗？走廊的右边是石墙，左边是护墙板。在护墙板高处有一个黑点，可能是血迹，但是黑点已经干得浸入墙板纹理里了。史密斯已经把黑点刮下来，通过技术手段比对，明天我们会知道更多的情况，进而才能查出那个女人的指纹是不是玛丽·斯托克斯的。"

希娃快速地敲了一下针，问道："在木屋的周围，你查到玛丽的脚印了吗？"

弗兰克弯下腰，向炉膛里添了一根木头，说："是的，总共六个脚印。她一定是跑出了树林，这是毫无疑问的。但是，她不会无缘无故地逃离木屋。即便是和自己的情人私会也不至于吓成这样。而且，她在木屋里留下了很多指纹，指纹分布在窗户上、壁炉和壁炉四周，看来他们用壁炉生火了。屋里当时一定发生了什么事，或者玛丽亲眼看见了什么不该看见的东西，否则玛丽不会仓皇而逃。那么，路易丝·罗杰斯哪去了呢？"

希娃继续问道："弗兰克，那只失踪的耳环呢？"

弗兰克冷冷地说："实际上，两只耳环和露易丝都没找到。露易丝从霍普太太家出走至今已经一个礼拜了，从此以后便销声匿迹了。"

"明天我想赶早班车去趟警局，面见局长，问问关于露易丝更多的消息。到目前为止，我还没能找到有价值的新线索。如果露易丝当天乘坐火车来到兰顿，那么火车抵达兰顿火车站时已经是黄昏时分。从兰顿城到迪平村总共四英里，她是怎么到达迪平村的？难不成她走了夜路？"

"她没那么傻。"希娃说。

"她一个外地人是怎么知道去往迪平村的路线的呢？不对，露易丝不可能乘坐汽车来村里。如果恰巧有个迪平村人在汽车上见过戴着钻石大耳环的陌生女人，这么惹人瞩目的大新闻早就在小村里炸锅了。排除这个可能性，那么她一定是开车来的。但是车在哪儿呢？无论从哪个方面分析，这个案子真是把我弄得越来越糊涂了。今天，我在报纸和兰顿小刊上登了一则寻人启事。在史密斯的现场勘查报告发布之前，我没有任何头绪。可以肯定的是，木屋里那名女子的指纹就是玛丽的，但是警察厅没有直接证据指明玛丽与露易丝失踪案件有任何关联，警方也无权对玛丽的隐私提起指控。经过一番考虑，我决定将这条线索上报局长。玛丽匆忙地逃离了那所房子，但我们不知道究竟是什么原因让她这般惊恐。众所周知，她是个风流成性的年轻女孩，对于村里男孩子们殷勤的追求，她从来不会拒绝，于是她可能遭到了来自追求者的各种威胁和恐吓。因此，为了摆脱终日的恐吓，她向警方编纂了一个荒唐的故事。对于露易丝，唯一的线索就是那对失踪的耳环。警方至今无法查证露易丝上周五究竟去了哪里。兰顿城这么大，人来人往，车水马龙，玛丽可能在某时某地的确见过露易丝。如果露易丝耳朵上的那对钻石耳环很招眼，玛丽一定有印象。她之所以编造这样一段经历，是不是想引出什么人或事？不管怎样，我都要亲自向局长汇报。希娃，明天你有什么打算？"

"明天我得步行去趟格雷小姐家，她答应过我，要借给我一本书。"希娃慢悠悠地说道。

第十二章
玛丽失踪了

  这一天是星期六，一大早，弗兰克乘坐早班车赶回兰顿。临行前，他对莫妮卡只说了句"再见"便匆匆跑出家门。玛丽给一户人家送鸡蛋和黄油。这户人家的后门正对主车道。玛丽从不开车或者骑车，她总是步行送货。兰顿郊区的梅休夫人带着她的两个女儿来莫妮卡家做客。60岁的格林太太和她的40岁的女儿丽琪自老哈洛在世时便在哈洛家打工。对于玛丽而言，这两个女人虽然稳重，但是岁数太大，代沟颇多。玛丽的祖母斯托克斯太太希望玛丽能和村里同龄的女孩交朋友，但是她的愿望在这个村里难以实现。

  斯托克斯太太沿着主车道来到海瑟薇庄园，海瑟薇庄园的管家巴顿夫人是她的好姐妹。巴顿夫人在海瑟薇庄园一干就是30年，是她伺候老庄园主走完最后的人生时光。格兰特·海瑟薇是巴顿夫人从小看着长大的孩子，他很庆幸家族中有这么一位老实忠厚的老妇人，能够为他打理家中和庄园内大大小小的琐事。巴顿夫人并不是村里的长舌妇，她不喜欢议论别人家的家长里短。偌大的庄园中的琐事在这个经验丰富的管家眼中并非难事，真正让她为难的却是家里的年轻女仆——艾格尼丝。艾格尼丝，30 岁，是个大美人，雪白的肌肤，深邃的双眼，窈窕的身姿，乌黑亮丽的长发像马尾一样垂下，她是个喜怒无常的女孩，常常自命不凡，巴顿夫人宁愿忍受玛丽的骄傲，也不愿多看一眼艾格尼丝。巴顿夫人所关注的重点是手下人的业务水平，至于年轻人的八卦新闻，她一概不予过问。

黄昏时分，弗兰克才从兰顿赶回迪平村。这个下午，史密斯警官的勘查报告终于发布了。果然不出所料，史密斯在木屋里所采集的指纹确实是玛丽·斯托克斯和未知男子遗留的。根据这一确凿的指纹证据，史密斯警官随即骑着自行车前往汤姆林农场，准备对玛丽进行询问调查。当他说明来意后，玛丽的祖母斯托克斯太太却说玛丽和她的朋友已前往兰顿参加聚会了。

"警官，玛丽说，她们吃完饭还要去看一场电影，女孩子们逛起街来总是没个准确的时间，所以我也很难确定玛丽什么时候能回家。不瞒您说，我也很担心她的安全，一个女孩深更半夜走在路上总是会让人担心的。不过，还好有乔·坦伯利一直跟着她，保护她。您还有什么要问的吗？"

"最近她有什么异常的举动吗？"史密斯问。

"嗯……我不清楚，不过她从昨晚就一直盯着一张海报看，不知道这条线索能不能帮到你。"斯托克斯太太说。

时间转眼到了傍晚，弗兰克来到迪平警局，恰巧碰见了刚从汤姆林农场归来的史密斯。二人说话间来到了办公室，弗兰克在办公桌上众多的报告中一眼就挑出了木屋指纹检验报告，报告里显示木屋里遗留的指纹和玛丽的指纹完全吻合。

"只有一个指纹看起来不一样。"史密斯指着一个又大又模糊的指纹，说，"从这些不完整的掌纹和模糊的指纹推断，这应该是个右手手掌印。掌印被发现于走廊墙板上，距地面5.4英尺处，也就是起初我们发现黑色污点地方。经检验，黑点确认为血迹。依我看，可能是由于衣服袖口刚蹭墙板而形成的血迹。"

弗兰克点点头，说："好吧，看来今晚我们有活干了。警局要传讯露易丝·罗杰斯的一位男性朋友，也许这次询问能带给我们一些新的线索吧。我拿着这份指纹报告再去找玛丽·斯托克斯进行对质，看看是否能问出个所以然。如果露易丝是在木屋里遇害身亡，那么木屋里总会留有某些痕迹。咱们应该对木屋进行地毯式搜索，不放过一丝一寸。"

晚饭后，阿伯特族人们齐聚客厅，这时，西塞丽接到马克·哈洛的电话，电话里，哈洛声称要来阿伯特家里做客。西塞丽接完电话回到客厅，笑着和在座的每一位说："今天马克真是倒霉透了，佣人格林太太和丽琪请了一天假去了兰顿，因此马克家的厨房暂时停火了。可怜的马克已经饿了一天的肚子。我建议他来我们家，至少我们还可以给他匀出一杯热咖啡。"

马克·哈洛如约而至，他整个人看起来神采奕奕。三杯咖啡下肚后，饱腹的马克坐在钢琴前忘情地弹奏起自己谱写的钢琴曲。阿伯特上校躲进了书房，继续钻研玩了一天的猜字游戏。

莫妮卡做刺绣活，弗兰克懒洋洋地瘫软在沙发上，享受着片刻的宁静。希娃坐在壁炉旁正认真地翻阅牧师奥古斯·格雷编纂的《迪平往事》，因此她不得不暂停织毛衣，偶尔抬起头来望望钢琴旁的两个年轻人，马克弹奏钢琴曲，西塞丽并肩坐在马克身旁，放声歌唱，真是郎才女貌。

与魁梧的格兰特·海瑟薇相比，马克·哈洛的身材略显瘦小。他是个面目清秀、爽朗大方的男孩。他的笑容充满魔力，每一次微笑极尽温柔，好像一泓温泉，融化了每个人的心田。按照希娃客观、传统的衡量标准，马克的外貌确实很有魅力。突然，马克弹起了《蓝色多瑙河》。

"弗兰克，咱们跳舞吧。"西塞丽高兴地从椅子上跳了起来。

弗兰克摇了摇头，说："我太累了。"

西塞丽撇撇嘴，生气地说："懒骨头！"

西塞丽拎起长裙一角，踮起脚尖，独自跳起华尔兹，她的舞步像鸿毛一般轻盈，悠荡的裙摆如落叶般优雅。莫妮卡停下手中的活计，呆呆地望着眼前欢乐的女儿，看到女儿开心的样子，她甚是欣慰。西塞丽此时此刻又恢复了往日的快乐。但这一切并不是拜马克·哈洛所赐。西塞丽自从搬回阿伯特别墅后，从未像今晚这般开心、欢乐。望着翩翩起舞的西塞丽，莫妮卡的内心不禁自责起来：作为父母，女儿在最迷茫无助的时候竟然没有能力帮助她，保护她，让年幼的女儿过早地陷入一场焦灼的婚姻之中。

莫妮卡想到一句至理名言："你是我的骨肉，我既生育了你，我愿一生守护你。我为你奔波辛苦，视你如珍宝，但你已长大，从我身边离开，独自远行。哦，你曾经是我的小跟班，但现在的你可以独自前行。因为你是一个成年的女人，一个成熟的女人，一个陌生人。"

一曲终了，客厅里恢复了一阵沉默。希娃快速地浏览《迪平往事》，书中记载着百年来迪平村里发生的许许多多离奇的传说和诡异的现象。挂钟的指针不知不觉地指向了 10 点，希娃渐感困乏，她一边打着哈欠，一边慢慢地翻开书页，读道：

"在获得邻居汉弗莱·皮尔爵士的许可后，我将他的爷爷罗杰·皮尔的趣事记录在这本书中。罗杰·皮尔是村里备受尊敬的治安法官。他是个仁慈而慷慨的先生，此生乐善好施。那个名叫萨莫里斯的教堂经我考证后认为名字是错误的，其真正的名字应该叫作达莫里斯……"

正当希娃对书内的故事愈加产生浓厚的兴趣之时，忽然，阿伯特家的女仆露丝推开客厅房门，神色慌张地闯进客厅。她穿着外衣，还没来得及更换工作服。莫妮卡惊讶地问："露丝，你怎么了？"

露丝上气不接下气地说："对不起，夫人，能打扰你们一分钟吗？我要见弗兰克警官。斯托克斯先生的侄女玛丽出……出……出事了，斯托克斯先生和乔·坦伯利在大厅里等着弗兰克先生呢。"

还没等露丝说完第一句话，弗兰克腾地一下从椅子里站了起来，冲出门去，乔赛亚·斯托克斯身着一套旧风衣站在大厅里，乔·坦伯利身着便装站在斯托克斯身后，眉头紧锁。弗兰克把他们带进餐室，关上门，小心翼翼地问："斯托克斯先生，发生了什么事？"

"抱歉，弗兰克先生，这么晚还来打扰你。可是这件事只有你能帮到我们，我和我的妻子现在只能求你了。"

"没关系，别急，从头开始说，斯托克斯。"弗兰克命令道。

斯托克斯垂丧着头，双手的手指插在浓密的头发里，抱头痛哭，眼泪顺着苍老的脸颊滑落下来，他颤抖地说道："玛丽去兰顿城参加聚会，现在还没回家。"

弗兰克抬头瞅一眼挂在壁炉上方的钟表，10点40分。

"现在还不算很晚。"弗兰克安慰着斯托克斯。

"我一开始就错了。玛丽去兰顿找女朋友吃午饭，午饭后她们去电影院看了一场电影。在这期间，乔全程跟在玛丽身边，从未离开半步。玛丽和乔乘坐7点半的汽车在从兰顿返回迪平，7点50分到达迪平站。随后，乔将玛丽送回了家中，乔还亲眼看见玛丽走进农场的大门。"

"然后呢？"

"乔，你快告诉弗兰克先生，从兰顿到迪平坐汽车需要得多长时间？"斯托克斯呼喊着乔·坦伯利。

乔·坦伯利的脸唰的一下变得通红，支支吾吾地说道："大概20~25分钟。"

斯托克斯焦急地催促道："你快说啊！我把你带到这儿来就是让你把刚才给我说的那些话再给弗兰克警官说一遍！"

乔的脸涨得通红，说："我按照斯托克斯先生的嘱咐把玛丽送回农场，我亲眼看着玛丽走进农场，关上大门，她还跟我说晚安，然后我才回了家。"

"没错，"乔赛亚·斯托克斯说，"我的母亲和我都听见了开门声，厨房在8点20分就锁门了。当时，我妻子还问："玛丽，是你吗？'但是无人应答。家里的狗也被开门声弄醒了，但是没叫喊。如果是陌生人，我家的狗早就狂叫不止了。如果是玛丽和乔这样的熟人，它是不会叫嚷的。我的妻子还说玛丽一会儿能过来。可是一刻钟过去了，不见玛丽人影，于是妻子去厨房查看，但没有找到玛丽，我以为我听错了。我告诉妻子，玛丽可能坐8点50分到站的那班车，但是9点半了，玛丽还没回家，于是我去找乔，可是乔说他在8点15分就将玛丽送回家中。我以为玛丽像往常一样在村里转转，我和乔在村里找了半天不见玛丽踪影。妻子劝我找您来帮我寻找玛丽。"

弗兰克紧接着问："农场里安装电话了吗？"

"有啊，战后我家安了电话。"斯托克斯说。

"那您给您的母亲打个电话吧，问问玛丽现在是否已经到家了。"弗兰克说。

弗兰克将斯托克斯带到电话前，拨通了汤姆林农场的电话，"喂，母亲，玛丽回来了吗？"斯托克斯先生问。

电话另一端的斯托克斯夫人焦急地说："没有，她到现在还没有回来！儿子，到底发生了什么？"

斯托克斯先生的心中一惊，喃喃地答道："哦，不，不，不知道。"于是，匆匆地挂掉了电话。

第十三章
玛丽之死

　　宁静的迪平村迎来了清晨的第一缕阳光，汤姆林农场的一位工人在废弃的马厩里发现了玛丽的尸体。冰冷的尸体被藏在一堆干草之下，玛丽的喉部被残忍地割断。

　　玛丽的死亡使迪平村一下子沸腾起来。麦琪·贝尔乐此不疲地干起老本行——偷听电话。她听到的第一通电话是史密斯警官打给兰顿警察厅的，内容简短精练。麦琪屏住呼吸认真地听着一字一句，生怕遗漏什么重要信息。接着，第二通电话是弗兰克打给总督察兰姆的。

　　麦琪一边握着听筒，一边偷听两人的对话。

　　"我是弗兰克，总督察，玛丽今早被发现死在汤姆林农场的马厩里。"

　　兰姆不禁倒吸一口气，问："什么？是那个报案的女孩？"

"是的。"弗兰克答。

"难道是杀人灭口？"兰姆问。

"也许是，也许这只是个巧合。"弗兰克说。

"这真是我所没有想到的结果。我带队去现场勘查，等我们查出结果后给你打电话。"挂断电话，兰姆立刻组织各方警力朝汤姆林农场赶来。

迪平村里来了许多刑警、法医、摄影师和指纹技术人员。汤姆林农场被迪平村的村民包个水泄不通，大家对玛丽的死亡感到无比震惊。刑侦技术人员对玛丽的尸体以及案发现场进行证据采集后，将玛丽的遗体抬上救护车，至此，玛丽永远地离开了这个曾经让她感到无聊透顶的汤姆林农场。

得知玛丽的死讯，玛丽的祖母斯托克斯太太难以抑制内心的悲痛，终日以泪洗面，她的眼睛早已哭得像个桃子一样又红又肿。

"我真不敢相信是乔杀了玛丽。"玛丽的祖母喃喃地说道。

"母亲，是谁说乔是凶手？"每次听见老母亲这么说，乔赛亚·斯托克斯总是一成不变地安慰着母亲。

"肯定是他，家里的看门狗一点动静都没有，如果是陌生人，它早就开始汪汪地叫唤起来了。"

"怎么不可能是陌生人？母亲，乔肯定不是凶手。"

迪平村村民对玛丽之死各执己见。大对数村民执意认为玛丽·斯托克斯因拒绝乔·坦伯利的求爱而惨遭其杀害。阿伯特别墅庄园的主厨梅休太太拿出一副长者的姿态对女仆露丝和格温说："不是我嚼舌头，玛丽死得不冤。这叫多行不义必自毙。有时我想你们这些女孩真是活该。年轻的男孩子不会有太多的耐心。我家艾米被查理追求的时候，我告诉她：'这是你自己的事，如果你喜欢查理，那就接受查理的求爱，一心一意跟人家过日子，如果你不喜欢他，你应该明确地告诉他，不接受他的求爱。'我告诉艾米，'真要发生什么事，别怪我没提醒过你。'你们可得以玛丽为教训，没事儿别招惹男孩子。"

听了梅休的话，露丝吓得一副惊慌失措的样子，而格温却不以为然，冷笑着走开了。格温最近新交了一个兰顿男朋友，她才不信梅休的一派胡言。

自从玛丽在死人林遭遇惊吓后仅仅过去八天，这八天里，在玛丽身上到底发生了什么，她怎么会死在自家农场的马厩里呢？

第十四章
爱吃醋的坦伯利

扫码听本章节
英文原版朗读音频

　　翌日，弗兰克于 10 点 45 分赶到汤姆林农场，在那里他见到了兰姆总督察。

　　总督察兰姆坐在汤姆林农场客厅的茶桌旁。他把茶桌上原本放着的两本影集和一本《圣经》撤走后，放上一张垫板、一瓶墨水、一支钢笔和一个公文包，公文包内装有厚厚的一叠文件。弗兰克坐在兰姆对面，手里拿着铅笔和记事本，听候兰姆的指令。

　　总督察兰姆穿着一件鲜艳的外套，好似节日盛装。他体型彪悍，人到中年，偌大的脑壳上，从前发缘向后零星地分布着几缕卷曲的棕发，其余的头皮竟是光秃秃的。一双大脚像植物的根系牢牢地扎在花边地毯上，厚重的双手以及明亮的双眼让人觉得他是一名受过高等教育的上层社会精英。这不足为奇，兰姆曾就读于一所农业学校，并在学校中苦学英语发音，但是，他说话的时候嘴里总是不经意地带着浓浓的乡村口音。

"有些时候，越是高学历的人，越不会处理一些简单的问题，反而把亟待解决的问题搞得复杂化。这不是纸上谈兵，完全靠经验说话。因此，事情的真相需要抽丝剥茧地寻找和探求，必要时可以发挥适当的想象。比如，今早，我在旅店吃早餐，早餐里好多菜品的名称明明是英国名，可是偏偏被法语化，不伦不类的。"

"哈哈，我敢说，如果法国人看到这些菜品的名称估计会被气得鼻子冒烟。"弗兰克半开玩笑地说道。

"店家总会给自己的商品起个洋名，以此达到吸引顾客眼球的目的。好了，话不多说，所有人都到齐了。"兰姆说，"乔·坦伯利是 1 号犯罪嫌疑人，首先我们应当对他进行提审。带他进来。"

脸色苍白的乔·坦伯利迈着沉重的步伐走进客厅，他的手微微颤抖，飘忽的眼神不经意间和在座的兰姆碰个正着，他猛地把头低下，良久，才缓缓地抬起头。

"你是约瑟夫·坦伯利？"兰姆问。

"是的，先生。"约瑟夫一字一顿地回答道。

"我是兰姆警官，你是本地人，对吗？"

"是的，警官。"

"战争期间服过兵役吗？"

"当过兵。"

"多久？"

"2 年。"

"哦，那就是 18 岁参军。你认识玛丽·斯托克斯吗？"

"认识。"

"你们是情侣关系？"

"不是。"

"但村里人都说你们正在交往。"

乔突然大声说道："警官，他们造谣，玛丽从来没接受过我。"

"别激动，请坐。你的意思是，你曾经向玛丽求爱，但她没接受你，对吗？你说你昨天下午见过她，那么把你昨天的行迹告诉我们。"

乔坐在一把摇晃的大椅子上，两只搓红的大手夹在双膝间，哽咽地说道："玛丽说她要去兰顿见一个女朋友。我提醒过她，别晚上独自一人回家，她说如果我不放心，可以让我陪她一起去，并且送她回家。"

"条件是什么？"

"条件？"

"对，你答应送她回家的条件是什么？你们发生过争吵吗？"

乔的脸瞬时涨得通红，低头不语。

兰姆继续追问道："你们发生过争吵吗？"

"没有，警官。"乔怯懦地应道。

"听我说，现在撒谎对你没有任何好处，你最好还是说出实情。你和玛丽以及她的朋友莉莉·阿蒙一起吃的饭，"兰姆从桌上的公文包中拿出一张纸，"这是莉莉·阿蒙的证词：'玛丽说乔要和我们一起吃午饭。起初乔想跟随玛丽一起来兰顿，但是玛丽坚决不让他来。玛丽说过乔是个爱吃醋的人。用餐期间，乔执意追问玛丽的约会对象是谁。我不知道他们说了些什么，因为当时我没在场，我去隔壁包间找个朋友要针线样图，等我回到餐桌时，二人发生了争执，我隐约地听见他俩在说什么指纹和幽会，乔责备玛丽在现场留的指纹太多，还追问她到底去见谁。玛丽说这不关乔的事。乔的脸面挂不住，没做声。为了缓和包间里尴尬的气氛，我赶忙为乔打圆场，说：'我和男朋友欧尼约会的时候留下的啊。'乔，你还不承认和玛丽发生过争吵吗？"

乔早已按捺不住，一边呜咽一边抽搐，嘴里不停地说："我发誓，我没有杀她，警官！"

"我再问你，你们发生过争吵吗？"兰姆追问道。

乔·坦伯利惊恐地望着兰姆，兰姆的一双眼中写尽犀利，说·"我们只是讨论……"

"你还想说点别的吗？"兰姆说。

"她说她和哪个男人见面跟我没有任何关系，我没资格管她。"

"然后呢？"兰姆问道。

"我向玛丽道了歉。"

"还为别的事争吵过吗？"

"没有了。"

"你们一起乘坐汽车于 7 点 50 分到达迪平，据同车乘客的证词，你们二人在车中没说过一句话。"

"没什么好说的了。"

"下车后你们走向村庄，走的是康芒路和死亡林之间的小路？"

"是的。"

"仍然一句话没说？"

"没什么可说的。"

"没说些甜言蜜语？"

"没。"

"吻别呢？"

乔的脸抽动了一下，说："没。"

"好，你送她回到农场后发生了什么？"

"我们互道晚安，她进屋后把大门关上，我就走了。"

"你见过或者听说过在你之后，还有谁去过玛丽家？"

"没有。"

兰姆的身子向前倾了一点，把两臂都杵在桌上，问道："你当过兵，部队曾经训练过如何快速地割喉，对吗？"

"警官……"

"部队有这项训练，对不对？当玛丽转身进入屋内那一瞬间，你可以轻而易举地给她一记致命的锁喉。"

乔死盯着兰姆，说："我为什么要杀害她？我没有理由去杀她。我很爱她。我向神发誓，我绝没有杀她！"

兰姆终止了对乔的审讯，乔走出审讯室。

"目前只能就现有的证据进行推理猜测，因为没有足够的证据证明乔就是凶手。尽管人人都夸乔是个稳重的小伙，可是，当一个男孩深陷爱情却遭遇拒绝时，谁也不敢说他会做出什么过激的行为。玛丽真的那么漂亮吗？"

"嗯，是的。"弗兰克漫不经心地随声附和。突然，他的目光停留在乔的证词上。

"总督察，看这里。"弗兰克将手中的笔记本递到兰姆手中。

"怎么了？"兰姆接过笔记本，随着弗兰克的手指望去。

"总督察，如果乔真想杀玛丽，为什么还要跟去玛丽家里，特意制造开门或者关门的声音？这不符合逻辑。如果换作是你想杀一个人，完全没必要砰的一声把前门关上，弄出这么大的声响肯定会引起其他人的注意。"

"谁说案发时门发出砰的一声？"

"斯托克斯太太曾经说过她在厨房都能听见很大的关门声。"

兰姆经弗兰克的提醒，陷入沉思中。良久，他说："可以这样假设，当玛丽开门刚要进屋的时候，乔快速地跑上前去，将门用力地关上，利用专业的锁喉手法杀害了玛丽，为防止引起他人注意，乔将玛丽的尸体迅速地转移至马厩里。"

弗兰克挑了挑眉毛，说："不，乔不可能弄出那么大的撞击声，可能是玛丽自己弄的。"

"为什么？"兰姆不解地问。

"当时玛丽和乔在闹矛盾，这点在我们提审的一些证人证词中有所提及。假设一种可能性：玛丽故意告诉乔她和不明男子在木屋私会这件事，以达到让乔吃醋的目的。玛丽的死亡案和露易丝的失踪案有着重大的关联，可以并案调查。如果玛丽供述的是实情，她作为唯一的案发目击证人，势必遭到凶手的报复。还有一件事可以肯定：我们已查明乔·坦伯利的脚印与木屋里那名不明男子的脚印完全不相吻合。那么，也就是说，与玛丽相约在木屋幽会的不明男子并不是乔·坦伯利。依据遗留在木屋里的指纹，不明男子的身份很快就能确认。基于以上初步推断，我建议采集格兰特·海瑟薇、马克·哈洛以及艾尔伯特·卡德的指纹进行比对，同时对他们三人昨晚的行踪进行调查审讯。"

第十五章
来自僵尸布偶的灵感

这天清晨，麦琪在电话中偷听到希娃和警官弗兰克的对话。

"我是希娃。请帮我转接弗兰克警官，我有些重要的事想和他说。"

"喂，希娃，我是弗兰克，什么事？"弗兰克拿过听筒问道。

"弗兰克，我们还是见面说吧。顺便说一下，阿伯特夫人想邀请兰姆督察来家里吃午饭。"

"好吧，我会转告兰姆督察的，不过我不敢确定他能不能赴约。希娃，你是不是发现了什么新线索？"

"是的。"希娃说。

弗兰克没有挂掉电话，他放下听筒，转身走到兰姆身边，将莫妮卡的午餐邀请转告给兰姆。

"总督察，我婶子的厨艺好极了，比饭店做的好吃几百倍。"

兰姆并未急于应承弗兰克的邀请，听说希娃也会出现在莫妮卡的午餐邀请名单之中，兰姆暗自思忖：这个女人来这里干什么？弗兰克看出了兰姆的疑问，他告知兰姆，希娃只是去阿伯特家中闲逛，兰姆这才松了一口气。

"谢谢阿伯特夫人的邀请，可是这起案子实在是太复杂了，能不能赴约取决于破案的进展，恐怕我没有这个口福了。希娃要约你面谈？"

"对，可能她对案件有什么新的见解或者发现。"弗兰克说。

时间一晃到了中午，弗兰克赶在午饭前回到了阿伯特别墅。他来到客厅，希娃正坐在沙发上织毛衣，两人简短地寒暄过后，希娃慢悠悠地说道："很抱歉让你亲自跑来一趟，希望我的邀请并未打搅你的日程。我知道村里有个爱偷听电话的跛脚姑娘，也许今天上午，我们的通话内容被她听得一清二楚，所以为了防止消息外泄，我不得不约你面谈，还望兰姆总督察不会介意。"

弗兰克笑着说："他不会的，你有什么新线索？"

希娃把手中的婴儿毛衣放在腿上，递给弗兰克一本皮革封皮小册子。

"这是什么？"弗兰克从希娃的手中接过书，疑惑地看着希娃。

希娃拿起放在腿上的婴儿毛衣，说："这是格雷小姐的父亲奥古斯都·格雷写的一本书。奥古斯都·格雷曾是这片辖区的前任教会神父，书中记录了在他 1868 年任职初期所收集的一些关于当地巫蛊的奇闻逸事，当你翻开左边的书页，你会有意想不到的新发现。弗兰克，接着这一段'在获得邻居汉弗莱·皮尔爵士的许可后，我将他的爷爷罗杰·皮尔的趣事记录在这本书中。罗杰·皮尔是村里备受尊敬的治安法官。他是个仁慈而慷慨的先生，此生乐善好施。那个名叫萨莫里斯的教堂经我考证后认为名字是错误的，其真正的名字应该叫作达莫里斯……'往下看，大声地把它读出来吧。"

弗兰克顺手扯过一个椅子坐下，按照希娃的提示，翻开一张泛黄的书页，口中念道："某一天，撒玛丽·鲍尔的女儿乔安娜在康芒路的树林里采树莓，不知不觉地走到木屋里，看见了爱德华·布兰德的 mammet……"

弗兰克抬起头，疑惑地看着希娃问："mammet 是什么？"

希娃一边飞快地织毛衣，一边向弗兰克解释说："那是衍生词。从穆罕默德创建伊斯兰教开始，十字军战士一直被撒拉逊人当成偶像一样膜拜。后来撒拉逊人把这个词带入英格兰，开始慢慢演化为形容一件摆设或布偶。"

弗兰克听后，喃喃自语道："了不起的希娃老师。"于是他屏住呼吸，继续念道："村里有个叫乔安娜的姑娘，无意间撞见爱德华制作僵尸布偶的过程，于是她趁爱德华外出期间，悄悄潜入木屋，在木屋地下室，她发现多个烧焦的僵尸布偶，这些僵尸布偶都是村里的村民、传教士或者孩童。乔安娜被眼前的景象吓坏了，踉踉跄跄地跑回家中，一头扑在妈妈的怀中，放声大哭。"

希娃伸出手将弗兰克手中的书拿了回来，说："弗兰克，你从这一段文字中发现了什么？"

弗兰克才从书本中的描述中回过神来，说："你问我发现了什么蛛丝马迹？"。

"是的。"希娃说。

弗兰克摇摇头，说："我不知道，乔安娜和玛丽·斯托克斯她们都是碰巧走到木屋并且惊慌失措地从木屋那跑开。玛丽该不会也是被那些僵尸布偶吓到了吧？"

"再想想，弗兰克！"希娃说。

弗兰克一脸茫然地望着希娃，说："希娃，别给我打哑谜了，你还是告诉我吧。"

"弗兰克，一些表象分散了你的注意力。问题在于，乔安娜做了什么？她走进了木屋找什么东西？当她找不到那件东西的时候她走进地下室。"希娃说。

弗兰克一跃而起，兴奋地说道："天啊，我真笨！她去了地下室！木屋里竟然还有个地下室！"

希娃轻咳了一声，继续说道："老房子一般有很多地下室，我早该想到的。如果爱德华真的在地下室中行巫蛊之术，那么木屋里定有一扇通往地下室的门。我建议对木屋里的楼梯进行重点搜索，地下室的入口很可能位于某个楼梯的附近。"

在希娃的提示下，这件离奇的案子终于有了突破性的进展，弗兰克根本顾不上莫妮卡精心准备的饕餮盛宴，当天下午，兰姆、史密斯以及弗兰克带领一组警员再次前往木屋进行搜证。这一次，他们在楼梯拐角处找到一处空洞，这应该就是希娃所说的地下室入口。弗兰克和兰姆一前一后，慢慢地踱进地下室，留下史密斯在洞口随时听候指令。

"这里积了好多的灰尘啊。"兰姆站在弗兰克身后抱怨道。

"这不和你想的一样吗？"弗兰克说。

"别打岔，把灯拿这来，放低点！"兰姆用命令的口吻一遍一遍地说。

弗兰克和兰姆小心翼翼地进入地下室，空气中弥漫的灰尘呛得兰姆不住地打着喷嚏。弗兰克用手电筒匆忙地将整个房间扫射了一圈，忽然，眼尖的兰姆看到地面上有一处光亮的石板。兰姆立刻凑上前去，蹲下身来，盯着这块格格不入的石板，良久，他开口说道："木屋的各个房间里积满了厚厚的灰尘。但是，看这里，这里有很明显的打扫痕迹。如果地面最近清扫过，说明某人蓄意清理其遗留的脚印。"说完，他向楼梯洞口走去，说："史密斯，立刻派些警员下来搬运石板，把这些石板全部带回警局！"

兰姆一声令下，全队的警员来到地下室开始搬运石板，在地下室最不起眼的角落里，一位警员掀开石板时，露易丝·罗杰斯的尸体赫然出现。正如霍珀太太和玛丽所描述，露易丝身穿一件黑色大衣。其头骨后方遭遇钝器重击。她的金发垂下来，把她的脸庞遮挡住，耳朵上一枚钻石耳环闪闪发光，甚是引人注意。

第十六章
不愉快的午餐

　　这一天是周一，兰姆再次对莉莉·阿蒙进行审讯，但这次，兰姆带着速记员一同前来。莉莉在兰姆面前低声呜咽，泪水止不住地从眼睛里涌出。作为三个女儿的父亲，兰姆深知，女孩只有哭出来才能更好地宣泄悲伤的情绪。过了一会儿，兰姆将手中的证词递给莉莉，并让莉莉再次核对一遍所述经过。

　　"你和玛丽很熟吗？"兰姆问。

　　"是的，警官，她调到汤普森办公室前，一直和我在兰顿打工。"

　　"你是她朋友？"

　　"对。"

　　莉莉长相俊美，声音甜得像蜜糖一样，二人的神情以及音调如出一辙，兰姆一时间竟觉得玛丽·斯托克斯仍然在世。

　　莉莉继续说道："她调去汤普森办公室后我们就失去了联系。

她那天打电话约我吃饭，我真的特别高兴。但是我没能和她去看电影，因为我和男朋友约好下午 4 点半见面，所以我们饭后只是逛逛街，于是就碰到了乔·坦伯利，发生了后面的事。"

兰姆说："别紧张，阿蒙小姐，你们用餐时间很长，那么说说这期间你们都聊了些什么。"

"好的。"莉莉答道。

兰姆放慢了语速，一改往日浑厚的粗嗓门，温声细语地对莉莉说："你要仔细地回忆当时所发生的一切。尽管这可能是女孩子间的私房话，但我想也许正是你们私下聊的话题可以破解玛丽究竟被谁杀害，因何遇害。好吗？"

"好。"莉莉怯懦地附和着，她深呼吸一口气，却欲言又止。

兰姆追问道："你想起什么？"

"没有。"莉莉说。

"没事，把你知道的都告诉我吧。"兰姆竭尽全力地鼓励莉莉，语气更加温柔。

"我……她说过……"莉莉没有继续说。

"说吧，别担心，想起什么就说什么。"兰姆说。

莉莉惊恐地看着兰姆，说："玛丽离职长达三个月之久，我本以为她再次找到新工作会很高兴，但是玛丽却兴致不高……"说到这里，莉莉停顿了一下，望着兰姆。

"还有呢？"兰姆追问道。

"我问她是不是很高兴，玛丽却摇摇头，说不急于找工作，她认为女孩应该找个可依靠的男人养着，而不是抛头露面工作挣钱。我以为她在讽刺我，因为我和男朋友正在打工挣钱准备结婚。当时，我和玛丽说，我不赞同玛丽的想法。"

兰姆问："玛丽什么反应？"

莉莉的小脸憋得通红，说道："她说我是个傻瓜，她不用自己挣钱。我问她为什么，她笑着说她正在和一个男孩交往，但是她不甘心做一名家庭主妇，她说：'我也不想让男人养着，我不甘心当一名主妇，如果自己手里有钱，那才好呢。'"

"你确定她这么说的？"兰姆问。

莉莉狠狠地点点头，说："是的，她像开玩笑似的。接着她又说起别的事。"莉莉看着兰姆，犹豫自己到底要不要全盘托出。

"继续。"兰姆说。

"我怀疑她所说的钱是不是有人已经给过她。"莉莉说。

"这正是我们的调查方向。那么，阿蒙小姐，你知道玛丽究竟在忌惮什么吗？"

莉莉瞪大了双眼，像只受惊的小猫咪惶恐地看着兰姆，说："不知道！"

"没有什么使她害怕的事情发生吗？"兰姆问。

"没有，警官。"莉莉说。

"这么说，她手里有很多钱？"兰姆继续问。

莉莉点了点头，说："当我们逛街的时候，来到辛普森店里看见一款风衣，很昂贵，但是玛丽却说：'下次，我就会穿着这样的奢侈品来见你。'"

"她真这么说的？"兰姆问。

"对。"莉莉答道。

"还说别的了吗？"兰姆问。

"是的，很抱歉，上次做笔录的时候就应该告诉你。"莉莉愧疚地低下了头。

"好，说吧，关于什么？"

莉莉拭去眼角的泪，说："我确定，玛丽乘坐的是最后一班车回家。玛丽和乔于 7 点 50 分从这里离开，我还很惊讶，玛丽从来不会这么早回家，玛丽笑着对我说：'我是个好姑娘，早点回去有好事等着我呢，你懂的。'我逗她说是不是乔·坦伯利向她求婚，她笑着说：'不是他，但是比他强百倍，我得早点回家，然后……'我忙问：'然后什么？'玛丽笑而不语，径直走了。"

兰姆向前倾了一下，凑近莉莉，说："阿蒙小姐，玛丽要早点回家，发誓做个好女孩，还跟乔·坦伯利道晚安，你认为她要干什么？这意味着什么！请诚实地回答我！"

莉莉几乎不假思索，脱口而出："她一定是在和某人约会。"

第十七章
停在修理铺的车

对莉莉·阿蒙的传讯暂时告一段落。兰姆将莉莉·阿蒙的证词交给弗兰克，这时，电话响了，弗兰克拿起听筒，听了一会儿，说："总督察，找你的，威尔顿从伦敦警察厅打来的。"

弗兰克把听筒递给兰姆，独自站在桌旁，电话里传来威尔顿微弱而清晰的声音："总督察，我是威尔顿，侦查员调查发现，露易丝·罗杰斯失踪当天和一名男子一同出行，该男子名叫米歇尔·费朗，法国籍。警方通过一辆遗弃在汉普郡的轿车追查到此人。米歇尔·费朗声称，上周五他将轿车借给露易丝·罗杰斯，也就是露易丝失踪当天。"

兰姆向前稍倾一下身体，将一只手臂放在桌子上，另一只手拿着电话，说："遗弃的轿车？"

"嗯，这辆车停放于贝辛斯托克的一间修理铺门前，修理工称曾有人打来电话说这辆轿车需在此停放一至两天，至于打电话的人是谁，他们也不清楚。"

"什么牌子的车？"兰姆问。

"老款奥斯汀 7 号。"威尔顿答道。

"什么时候放在修理铺门前的？"

"周五晚。那个无名电话在 7 点半打来。"

"车上有没有指纹遗留？"

"没有，总督察。这是一家大型汽车修理铺，这里的修理工把车推来推去，恐怕车门和驾驶盘上的指纹早已被破坏了。"

"下午 2 点半派个人，带领米歇尔·费朗和霍珀太太分别对露易丝的尸体进行辨认。"兰姆说。

兰姆和威尔顿聊了几句，挂断电话，对弗兰克说："威尔顿电话里说的那些情况你也听见了，我已经安排警员对米歇尔·费朗进行传讯。那辆遗弃的轿车可以证实露易丝是开车前往迪平村的，但问题是，贝辛斯托克距离迪平村 20 英里，这个人特意开车到贝辛斯托克，然后把车留在修理铺。这个人最终乘坐火车回到兰顿。弗兰克，斯托克斯是什么时候找到你们的？"

"周六晚 6 点。我记得很清楚，教堂的钟声敲了六下。换句话说，露易丝·罗杰斯在此之前已经遇害。我们至今未能查到露易丝于周五早上离开霍珀旅店后所接触的人，以及露易丝离店后的行迹。由此我推断，玛丽所说的树林并非案发第一现场。玛丽的证词和实际情况有出入。当天，玛丽像往常一样前往木屋和情人私会，途经树林，她无意间撞见凶手正企图藏匿尸体。现场遗留的脚印显示玛丽由于惊吓过度慌张地从木屋逃走，也许当时她在木屋外看见了露易丝的尸体。但这也不能说明木屋是第一案发现场。那辆车开到贝辛斯托克前，露易丝已经遇害。一切迹象表明，露易丝遇害后，尸体被凶手藏匿于某地，周六晚，凶手将尸体搬运至地下室封藏。凶手搬运尸体途中发现露易丝耳朵上那对惹眼的钻石耳环少了一只。那只失踪的钻石耳环到底遗落在何处？凶手是否已经找到耳环了？"

兰姆轻笑了一声，说："凶手应该在夜间开着老款奥斯汀行驶 20 英里到达贝辛斯托克，然后弃车而逃，他能赶上哪趟火车返回兰顿呢？"

弗兰克翻开地图，用铅笔在地图上的一角画个圈，说："这里是兰顿。凶手不会在光天化日之下杀害露易丝。如果凶手在周五晚 5 点杀害了露易丝，并且将车开至贝辛斯托克，那么弃车后，他以最快的速度在当晚 6 点一刻到达贝辛斯托克火车站，搭乘 6 点 20 分那趟火车回到兰顿。7 点半，他给修理铺打去电话。可是，他打电话不怕引起怀疑吗？"

兰姆说："凶手目的不是让修理工把车交给警方，而是拖延时间。他把车送到修理铺，修理工的指纹一定会覆盖在车上，所以车上的指纹看起来杂乱无章，无法辨认，他已经将自己的指纹擦掉或者他是戴着手套作案的，他的真实意图是扰乱警方的视线，让警方无法采集到露易丝的指纹。"

"但他这么做也太冒险了。"弗兰克摇摇头。

"一点都不冒险。修理铺的人不会注意来者是谁。凶手的唯一目的就是拖延时间，凶手必须赶乘最后一班火车回到兰顿，他将车停在修理铺后，所剩时间不多了，因此，他赶到火车站售票窗口时一定很慌张，明天我们可以去贝辛斯托克火车站进行走访，看能否找到当天凶手买票的目击者。兰顿人很热心，我们通过走访调查当地人，一问便知。"

弗兰克眼前一亮，大声喊道："对啊！我怎么没想到！"

兰姆点点头，说："发生在迪平村的玛丽死亡案和露易丝遇害案有着千丝万缕的联系。我们得先查出玛丽·斯托克斯的约会对象是谁。也许此人正是凶手，也许不是，但是，查出此人后必须对他进行传讯，他的供述对整个案件起着关键作用。"

"这里面一定藏有不可告人的秘密。凶手应该是个谨小慎微的人。"弗兰克说。

"那么嫌疑人是谁？"兰姆问。

"反正不是乔·坦伯利。"弗兰克说，"乔·坦伯利的脚印和木屋不明男子的脚印不吻合。而且，乔也不是运尸的凶手，根据乔的房东戈塞特夫人口述，周六晚6点前，乔一直待在自己的公寓里。他有不在场证明。周五，他值夜班，更不会开车去贝辛斯托克。你还是和史密斯再核对一下时间节点，但我保留观点，乔不具备作案条件和作案时间，当晚他不可能驾车前往贝辛斯托克。"弗兰克说。

"乔会开车，他参军前在汽车修理铺当小工。"兰姆说，"如果乔不是凶手，那凶手是谁？马克·哈洛的庄园离木屋最近，对吧？会不会是他？还有一个搞试验性耕作的小伙，叫……海瑟薇？"

　　一听到海瑟薇的名字，弗兰克面无表情地说："海瑟薇娶了我堂妹西塞丽·阿伯特。"

　　"哦……他们小夫妻俩和睦吗？"

　　弗兰克面露尴尬地说："不，他们分居了。"

　　"事不宜迟，立刻组织警力采集哈洛的脚印。玛丽的秘密情人要么是格兰特·海瑟薇，要么是马克·哈洛，二者之一。史密斯已着手对他们二人分别进行传讯，此二人周五及周六各自的行迹很快就会揭晓。"

第十八章
谁抢了我的财宝

房东霍珀太太泪流满面地走出警局，在停尸房，她一眼认出了房客露易丝·罗杰斯。露易丝·罗杰斯生前的好友米歇尔·费朗被带进警察询问室做笔录。他皮肤黝黑，瘦弱单薄，劳累的生计使他脸上皱纹丛生，未老先衰。壁炉里的炉火将屋子烘得温暖如春，而他却瑟瑟发抖。得知露易丝·罗杰斯的死讯后，米歇尔·费朗默默地抽泣起来。

"你和罗杰斯很熟吗？"兰姆张口问。

费朗点点头，说："没人能比我更了解她，我们的父母是好友，我俩就像亲生姐弟一样，我比她岁数小一点，小时候，她是我的偶像，我是她的一个小跟屁虫。"费朗用一口流利的法式英语一字一句地回答兰姆的询问。

兰姆瞪大了眼睛，提高声调说："费朗先生，我没问你俩小时候的事！"

"您不是让我说关于我俩之间所有的事吗？我只是她家的一个至交。我能告诉你的是露易丝出身名门望族，她父亲叫埃迪安·博纳尔，在和平街经营珠宝生意。"费朗说。

"和平街在哪？"兰姆问。

弗兰克说："在巴黎。"

费朗点点头，继续说："她家的珠宝生意在战后一落千丈。她父亲在法国战败后去世了。当时德国军队占领法国。她的母亲是英国人，在她的父亲死后，娘俩相依为命，她的母亲考虑到今后的生活，把所剩的家产全部藏匿起来。"

"费朗先生，你怎么知道的？你当时在她身边？"兰姆问。

"我？不，我和我母亲当时身在法国南部。我和露易丝来到英国后，有次在伦敦相聚，她告诉我的。当时由于战乱，交通封闭，粮食紧缺，路边到处都是因逃难而饿死的老人和孩子。露易丝的母亲就是那段时间去世的。母亲去世后，露易丝成了孤儿。逃难期间，她手里的行李箱装满了钻石项链、手镯、胸针、戒指。她无助地坐在路边，天又黑又冷，远处不断地传来轰炸声，她只能等死。难民的哭喊声、求救声、哀号声此起彼伏，突然，她听见附近有个男人说英语，便急忙跑向那个人，一把抓住那个人的胳膊，说她母亲是英国人，请求那个人带她去英国。她承诺将手中的钻石分给那个男人一半作为答谢。那个男人要求先验货再帮忙，于是露易丝毫无防备地打开行李箱，拿出钻石给他看，没想到那个男人一把抢走了露易丝手里的钻石以及行李箱，逃之夭夭。

露易丝的所有家当就这么没了。"

费朗一边用手比量行李箱的尺寸，一边继续说道："露易丝独自跟着难民队伍前行，来到某地，当地有户人家收留了她。她身上只剩一串珍珠项链和手镯。后来她把项链和耳环卖了。战后，她嫁给一名英国官员，叫罗杰斯。婚后两人性格不合，分居了。罗杰斯回到英国，露易丝留在法国。当她听说丈夫罗杰斯去世的消息后，前往英国处理丈夫后事。罗杰斯留给露易丝一笔遗产，但是数额不大。"

弗兰克快速地在纸上记录费朗的证词。这时，兰姆问道："那时你已经移民到英国了吗？你在英国从事什么行业？"

费朗不再像开始时那样紧张，话多起来，向兰姆说道："是的，警官。我父亲是个宾馆经理。在我小时候，父亲在巴黎开了一家旅馆。现在，他在亚眠开旅馆，他在伦敦有一位同样开旅馆的朋友，父亲送我到英国是为了提高英语水平，积攒社会经验。我和露易丝自从法国分别后，十多年没见过面了。我和露易丝最近一次见面还是前几天。"

兰姆盯着费朗问道："多年未见，如今你一眼就认出她了？"

费朗说："不，警官，我没这么说。我和她在晚间碰面的，她穿一件黑色连衣裙，非常漂亮。法国人独特的金发碧眼以及那对明晃晃的钻石耳环，我一看就知道那是露易丝。"

"耳环？"兰姆喃喃地说道。

米歇尔说："警官，她戴着她父亲为她18岁生日定做的钻石耳环。那是埃迪安·博纳尔特意为露易丝准备的生日礼物，但是她母亲却不赞成小女孩戴钻石饰品。露易丝跟她母亲软磨硬泡才拿到那对耳环。这对耳环在世上独一无二,因此,那晚我看见这对耳环就认出了露易丝。于是我上前搭讪,问:'还记得米歇尔·费朗吗?'她很快认出了我。要不是在公共场所,我会立刻扑上去,给她一个大大的拥抱。她说正好她也一个人吃饭,于是我们一起吃的晚饭,她把近几年的经历都告诉了我。此后,我们会不定期地小聚一下。但有一天,我看她情绪不佳,问她这几天在兰顿发生了什么。她说她去兰顿售卖父母遗留的老房子,到达兰顿后,就住进一个叫布尔的旅店里。当晚9点多,她闲来无趣,走到窗户前数星星,突然,听见楼下一个男子的说话声,那声音和当年抢她珠宝的男子一模一样。刚开始我也不相信,可是露易丝坚称她这辈子都忘不掉那名抢匪的声音。"

兰姆眯起眼睛,盯着费朗说:"费朗先生,这简直就是编出来的故事。"

费朗急忙说:"我没编,警官,都是露易丝亲口跟我说的。那个人一手拿着手电筒,一边弯腰拾起掉在地上的打火机。手电筒的灯光正好照到那个人的手,那个人的手上有条疤痕,露易丝一眼认出他就是逃难时抢她珠宝的人!真是无巧不成书,露易丝赶紧穿上大衣,急匆匆地跑下楼,却发现那个人早已不见踪影,当时天很黑,没办法,露易丝给了旅馆搬运工一些小费,想从搬运工口中打听出刚才谁来过,搬运工说是两名外地人开车到此换轮胎,不知道他们去哪了,不曾注意过那辆车的车牌号。露易丝只好失望地回到房间,不一会儿,搬运工给露易丝送来一个空信封,是刚才其中一人落在修理铺的，信封上写有收件人姓名和地址。"

兰姆兴奋地说："太好了，总算有新的线索了，快说吧。"

米歇尔·费朗说："警官，我不知道，露易丝虽然把一切都告诉了我，唯独没说信封上的姓名和地址。"

兰姆板起脸，恶狠狠地看着费朗，说："她真没告诉你？"

"没有，警官。"费朗身子向前探了探，"露易丝从小就这样，说话避重就轻，一些重要信息她从来不说。她很固执，不听劝，她之所以和我说这些是因为她很信任我。"

兰姆心想：这法国女人还真有个性。也许费朗说的都是实话。于是问道："露易丝从兰顿回来多久后和你借的车？"

费朗翻了翻眼睛，仔细地回忆着，说："新年那天。那天她说要去兰顿三四天，然后去汉普斯特德。我们约好 6 点钟一起吃晚饭。晚饭间她告诉我的她在布尔旅店的奇遇。她向我借车出去几天，我以为她要自己去找那个抢劫犯，劝她别一意孤行，应该选择报警。她不以为然，我说等下周我休假的时候陪她一起去，她坚决反对。她说她还要开车去姑婆家，姑婆罗杰斯是她丈夫唯一的亲人。因此，我把车借给她了。露易丝是个任性而且固执的女人，她决定的事情，没人能劝得住她。露易丝就是这么个人。"说完，费朗深深地低下了头。

第十九章
玛丽的情人

扫码听本章节
英文原版朗读音频

　　翌日下午，风云突变，一场暴风雨席卷了这个平静的小村庄。艾伦·卡德给格雷小姐沏好茶，做好晚饭后，穿上大衣，戴上帽子离开了阿尔文娜家。她走出大门不过 20 米，只见天空的乌云黑压压地飘过她的头顶，豆大的雨点顷刻间砸在她的身上。艾伦·卡德慌张地跑起来，她怎么也没想到毛毛雨竟然在顷刻间转为瓢泼大雨。没有雨伞和雨衣，艾伦·卡德被冰冷刺骨的雨水浇得浑身湿透，她不自主地奔跑起来，飞快的脚步溅起层层水花。很快，她躲进了阿尔文娜家的小厨房里。

　　而此时，兰姆、史密斯和弗兰克还不知外面的疾风骤雨正肆虐地发作，三人正在观察室仔细地比对格兰特·海瑟薇和马克·哈洛的脚印。结果显示，木屋里的不明男子的脚印并非格兰特·海瑟薇和马克·哈洛的。这一消息倒让弗兰克着实松了一口气。

兰姆小声嘟囔起来："看来不能在这二人的脚印上下工夫了，他们各自的行迹如何？"

史密斯愣了一下，他在迪平村里的走访并不顺利。他是一名刑警，抓捕犯人才是本职工作，但对于走访这种工作，他始终提不起兴致，宁愿谁来接替他完成，也不愿尴尬地挨家挨户采集脚印。面对兰姆的追问，他羞愧地解释道："总督察，海瑟薇周末不在家。"

兰姆拿起手边的记事本，边写边说："周末不在？"

"是，总督察。"史密斯说。

"他什么时候离家外出的？"兰姆继续问。

"周日早上。8点钟，他在餐厅吃早餐，8点半开车出门。也就是发现玛丽·斯托克斯尸体的时间。"

兰姆眯起眼睛，问道："什么意思？"

"没别的意思，总督察，我是说他有可能还不知道玛丽已遇害身亡。除非……。"

"除非他是凶手，你想说这个意思吧？"兰姆说。

史密斯说："我没有暗示什么，我是说玛丽的尸体在周日早8点后才被发现，露易丝·罗杰斯的尸体在周日晚间被发现藏匿于木屋。而海瑟薇在当天早8点半至11点半之间外出，那么海瑟薇11点半外出归来后不可能不知道村里发生的这些事。"

"海瑟薇说他全然不知？"兰姆问。

史密斯说："对，事情是这样，我在11点25分来到海瑟薇家，门房告诉我海瑟薇早上外出至今未归，正说着，海瑟薇开着车回来了，我言明来意后，他带我到书房做笔录。但他坚称他并不知道村里发生的命案，而且拒绝回答 1 月 8 日、9 日，也就是周五、周六两天的行踪。"

兰姆绷着脸说："他真这么说的？"

"是，总督察，我向海瑟薇索要带有其脚印的物品，他说没有。从他的行迹来看，很可疑。"

兰姆将刚才在记事本上记录的内容大声朗读出来："1 月 8 日，周五，格兰特·海瑟薇声称下午 5 点外出散步，并在晚间某时回到家中。"听到这，史密斯略带羞涩地说："总督察，我问过海瑟薇在他散步期间是否看见其他人出现在主路上。"

"这么委婉？"兰姆大声训斥道。

"海瑟薇是个不好对付的人。"史密斯说。

"你怕他？"兰姆问。

史密斯羞红了脸说："不是，他极不配合我的调查。"

弗兰克坐在旁边的椅子上，一手托着下巴，低头看着指纹报告。

兰姆严肃地说："海瑟薇家的佣人呢？"

"也不太配合。有个叫巴顿的夫人，是海瑟薇家的老管家，她平时没有固定的休假，但周五那天，也就是 1 月 8 日，她请假回家了。女仆艾格尼丝·里普利周六休假去了兰顿，从兰顿回到村里已经 8 点 50 分了，她在邮局待了几分钟，最后和巴顿夫人于 9 点半回到海瑟薇庄园。他们回来看见桌上摆放着海瑟薇未吃完的晚餐，但不见海瑟薇人影。直到 11 点他们听见海瑟薇回房的声音。"

兰姆说："露易丝·罗杰斯的死亡时间大概是 5 点左右，尸检结果显示，她吃的最后一餐应该在死亡前三四个小时。她在哪

家饭店就餐已无从知晓，或者她可能在伦敦某个商店买好食物随身携带。她的目的是根据空信封上的姓名和住址去找寻抢劫珠宝的嫌疑犯。如果她听从费朗的忠告，选择报警，也不至于客死他乡了。女人逞强可不是什么好事。据我猜测，信封上的姓名地址直指海瑟薇庄园。露易丝根据路人指点找到了海瑟薇家。也许海瑟薇就是我们要找的凶手。海瑟薇于 5 点离家外出，但他并未说明何时回到家中。根据管家和女仆的证词，海瑟薇回家时间是晚间 11 点。因此，这六个小时期间海瑟薇有可能……那么马克·哈洛那边什么情况？"

史密斯拿起手中的记事本，说："哈洛先生倒是相当配合。哈洛还很积极主动地讲述他的行迹。周五，他一直待在家作曲。由于缺乏灵感，他打算出门走走。当时天还没黑，他估计也就 5 点至 5 点半之间吧。他从庄园后门出来，一路沿着车道散步，散步期间并未看见什么人。据马克回忆，当时他满脑子都是作曲的事，也许期间旁边有过路人经过，但他并没注意到。"

弗兰克撇撇嘴，喃喃地说："我们的老朋友还真是个文艺青年。"

史密斯点点头，说："他顺着车道一路来到兰顿。在兰顿城的帝王戏院，看了一场电影，然后又到咖啡屋吃点食物就回家了，到家时大概 10 点左右。"

"他家佣人怎么说？"兰姆问。

"佣人格林娘俩。他们接到哈洛从兰顿打来的电话，说自己在兰顿吃过饭了，格林夫人反映哈洛每次创作遇到瓶颈时都会出去溜达，家仆们已然习惯了。"史密斯说。

兰姆凑上前问："他何时打进的电话？"

"格林说大概 8 点半左右。"史密斯说。

兰姆冷静地分析道："从时间节点来看，哈洛同海瑟薇一样具有作案嫌疑。我记得二人都服过兵役，其中一人在法国当过兵。"

"是的。"史密斯肯定地说。

兰姆转过头去，对弗兰克说："关于此二人，你知道哪些？"

弗兰克说："海瑟薇曾在敦刻尔克被俘，作为战俘，在押往布莱克郡期间，他成功地越狱了。至于马克，我不太清楚他的底细，但他确实在法国服过兵役。"

"他们二人之中谁在突击队服过兵役？"兰姆问。

"海瑟薇。"弗兰克说。

"他们二人之中谁的右手上有文身或者疤痕？"兰姆问。

弗兰克刚要说不知道，突然，他猛地想起海瑟薇的左手食指和大拇指间有条细细的白色刀疤。难道是海瑟薇？弗兰克不敢再往下想了。

这时，史密斯说："海瑟薇左手上有个伤疤。看起来是旧伤。哈洛右手缠着绷带，说是不小心被带刺的铁丝网扎了。"

兰姆拽过身边的一把椅子，一屁股坐下，说："我说过此二人都有作案嫌疑。但至今没有证据证明凶手是谁。二人都具备作案动机。那么我们看看 1 月 9 日，周六那天，玛丽报案声称目击一起凶杀案。回顾一下玛丽的证词，在木屋外或木屋里，玛丽亲眼看见凶手正在向木屋地下室搬运露易丝的尸体，也许你们都认为凶手不可能是玛丽的情人，毕竟谁都不会选择在和女孩约会之时藏匿尸体。不管谁是凶手，但有一点可以肯定，凶手对木屋很了解，知道地下室的存在。由此推断，凶手对木屋的构造了如指掌。这意味着凶手是个本地人，且熟知当地风土人情和奇闻逸事，而海瑟薇以及哈洛均为本地家族，其中一个家族肯定藏有这本《迪平往事》。"兰姆转向弗兰克，问道："你知道谁家有这本书吗？"

"海瑟薇的父亲有一本。"弗兰克说。

兰姆说："二人在 1 月 9 日的行踪如何？他们在 6 点半至 7 点之间干什么了？"

史密斯说："海瑟薇说他在下午 4 点 10 分骑车去迪平村，在主路上刚好碰见西塞丽在遛狗，两人聊了几句。"

兰姆眼前一亮，说："海瑟薇的妻子吗？"

"对。"史密斯说。

"真有意思，他们不是分居了吗？他和妻子简单聊了几句后继续前往迪平村了？"

"没有，他改主意了，回家了。"史密斯说。

"很可疑，他回家后有没有再外出过？"

"没有，总督察。海瑟薇说他回家后只是喝点茶，写封信，查查账。没人知道他到底有没有外出，仆人们不敢打扰他。"史密斯说。

"那马克·哈洛呢？"

"他在家喝点茶，弹会儿钢琴，接着出去散步了。他出门的时候没看表，也不知几点钟。他每天晚上散步的范围仅限于庄园前门，并未去过主车道，因此他没看见过什么人。"

兰姆说："那么问题来了，二人均可趁天黑之际溜出家门，潜入木屋作案。目前仍没有证据证明二人所说的是否真实。"

三人默不做声，空气如凝结住了一般，死气沉沉。突然，弗兰克打破了静寂，问："其他的脚印能不能作为证据呢？"

"什么脚印？"兰姆转过头去，疑惑地望着弗兰克。

"我让史密斯在现场搜集的一些其他的脚印。"弗兰克说。

"谁给你的权力让你这么做？"兰姆生气地说。

"总督察，这只是案情需要。"弗兰克解释说。

"好吧，是什么东西？拿出来吧。"兰姆说。

"这些脚印可能关系到案情。"弗兰克说。

兰姆的脸涨得通红，说："看呐，这都是些什么？都是谁的脚印？这是你的主意？还是希娃的？"

"总督察，这不是我的主意。"弗兰克说。

兰姆砰的一声拍响了桌子，说："必要时我会请教希娃的！"

"总督察，脚印。"弗兰克指着图片说。

兰姆再次拍响了桌子，说："谁的脚印？"

"这是艾尔伯特·卡德的——他是哈洛家的司机。"

兰姆大喊道："哈洛家司机？希娃凭什么说卡德和这两起凶杀案有瓜葛？"

弗兰克语速平缓地说道："总督察，卡德和一位比他年长的女性结了婚。但卡德毕竟是个年轻小伙，喜欢拈花惹草，婚后的艾伦·卡德其实并不幸福。这对老妻少夫早已成为村民茶余饭后的谈资。我让婶子从她的两个朋友那里打听到许多关于卡德的花边新闻。"

这时，史密斯快步跑到兰姆身边，说："报告总督察，有新发现！"

说时迟，那时快，弗兰克一个箭步冲到桌边，三位警官将木屋里遗留的不明男子的脚印和史密斯提供的新证据一一比对，良久，兰姆意味深长地说："玛丽的情人终于要浮出水面了。"

第二十章
带血的风衣

　　艾伦·卡德因暴风雨的阻碍不得不折回阿尔文娜家的小厨房，十分钟后，雨势渐小，卡德向阿尔文娜借了一把雨伞，穿上挂在衣挂上的大衣，匆匆地走出门外，消失在一片暮霭之中。

　　大约一刻钟后，西塞丽·海瑟薇接到阿尔文娜打来的电话，来者焦急地询问西塞丽的堂哥弗兰克是否在家。西塞丽回答道："不好意思，弗兰克不在家，你是温妮小姐？"

　　"对，是我！弗兰克不在，怎么办才好啊！"阿尔文娜急促地说。

　　"出什么事了？"西塞丽问。

　　"唉，出大事了！事态很严重，我害怕极了，想找弗兰克问问该怎么办。我想请弗兰克到我家里来一趟。"阿尔文娜说。

　　"但……温妮，你还没说你的家里到底发生了什么？"

　　"亲爱的，我不能在电话里说，你懂的，我们在电话里说的话很容易被某人监听，那个人就是……"突然，阿尔文娜停住了，没有往下说。

"温妮……"西塞丽说。

"西塞丽，我该怎么办，事情糟糕透顶，烦死了，我的头快炸了。"阿尔文娜懊恼地说。

"听我说，温妮，我开车载着希娃去你家，如果你有什么麻烦事，或许希娃能帮到你。就算是弗兰克也要敬她三分。"

"请希娃来我家一趟吧，我和她有重要的事说。"阿尔文娜说。

放下电话，阿尔文娜焦急地等待希娃的到来。她此生中从未如此焦急地盼着某人到来。短短的十分钟如今对她来说过得好漫长。阿尔文娜宁愿这难熬的十分钟花在父亲弥留之际，但父亲并未如她所愿，很快地撒手人寰。等待，简直是炼狱般生活。

希娃独自来到阿尔文娜家，西塞丽·海瑟薇并未和她一同前往，因为西塞丽得去教堂练习唱诗班乐曲，而温妮此刻急需希娃为她排忧解难。希娃敲了敲门，不一会儿，房门打开了，映入眼帘的是一张苍白的、没有一点血色的脸庞，憔悴的阿尔文娜吓得瑟瑟发抖。

希娃走进阿尔文娜的家中，她感觉到阿尔文娜的恐慌并未因她的到来而有所减退。受到惊吓的阿尔文娜不曾想过那些出现在报纸、电影里的凶杀案如今真实地发生在自己身边，也许凶手正是家里的保洁，又或许是厨房里做饭的钟点工。那种恐慌不言而喻。

"希娃，让你笑话了，我在自己家居然还能吓成这样。"阿尔文娜说。

"没关系，能为你排忧解难，我很荣幸。那么，和我说说到底发生了什么事情，把你吓成这样？"

"随我来。"阿尔文娜将希娃带入一个方厅内，方厅右边是卧室，左边则有扇通向厨房的门。方厅正前方是通向楼上两间卧室的楼梯，楼梯扶手已被磨得发光，可见这间房子历经多年，见证了几代人的成长与繁荣。她打开厨房的门闩，点亮烛台。希娃环顾四周，一台崭新的灶炉靠在窗户边，厨房中间摆放着一个维多利亚时代的餐桌，餐桌上铺着一块美式绿色桌布。地面上铺有长条式地毯。挂在墙上的老式挂钟正滴滴答答地打响报时。厨房里弥漫着香煎培根的味道，这种味道让希娃想起家的感觉。阿尔文娜走到厨房中央，她试图拉开餐椅，使自己看起来镇定自若。

"什么事让你坐立不安？"希娃问。

阿尔文娜定了定神，说："你知道，艾伦·卡德是我家负责餐饮的钟点工，每天她从早上9点工作到下午4点。如果我有朋友来访，她会提前帮我沏好茶。艾伦厨艺高超，我们还是一起长大的好朋友。但令我想不到的是，这件事居然牵扯到艾伦。"说完，她流下眼泪。

希娃用戴着黑色羊毛手套的一只手拍拍阿尔文娜的肩膀，说："什么事？"

阿尔文娜瞪大双眼，支支吾吾地说："我看到了一摊血。"

希娃惊呼道："格雷小姐，谁的血？"

阿尔文娜的手颤颤巍巍地指向一处，说："厨房地板上有血。"

"你说厨房地板有血迹？"希娃问道。

此时阿尔文娜再也控制不住自己的情绪，哭声、泪水和话语一涌而出。

"是的！厨房地板上有血。卡德把茶水沏好就走了，她刚出门不久赶上暴雨，她没有伞只能又跑回房子躲雨。她顺手把湿大衣挂在厨房衣架上。没多久，雨小了，她向我借了一把伞就走了。后来，我看见卡德刚才晾衣服的衣架下有一摊液体。"

"然后呢？"希娃说。

阿尔文娜急促地说："我来厨房本打算擦地，厨房地面铺的是红砖，光线那么暗，看不清那是一摊什么东西。起初我以为是艾伦·卡德大衣上的雨水。"

希娃攥紧了拳头，说："继续说。"

阿尔文娜啜泣道："直到我用抹布擦地才发现，那不是一摊水，是血！抹布被染得通红。我敢肯定，绝对是血，不是红砖掉下的颜色。简直太吓人了！"

希娃问："然后你做了什么？"

"我当时害怕极了，赶紧把那块沾满血迹的抹布扔了，在厨房水池里洗个手。我脑中不禁出现个恐怖的想法：艾伦·卡德的大衣上沾满了血。她的大衣是个破旧的黑风衣，平时看不出有什么异样，但是遇水就会漂洗出血水。刚好艾伦那天被浇得像个落汤鸡一样，她把大衣就挂在这个衣架上。希娃，我一直很纳闷，艾伦·卡德的大衣上怎么会有血迹？可怜的艾伦最近看起来很郁闷，可能她和丈夫正在闹别扭。那摊血会不会是木屋死者的？我说的不是玛丽·斯托克斯，是那个戴钻石耳环的死者。"

　　希娃脱下手上的黑羊毛手套，说："别害怕，格雷小姐，事情终究会水落石出的，不好意思，我想借用一下您的电话。"

第二十一章
爱情保卫战

　　暮色中的迪平村下起了大雾，一阵急促的敲门声划破了小屋的宁静，艾伦·卡德起身走到门口，打开房门的那一瞬间，她惊呆了。透过微弱的灯光，艾伦依稀看见门口矗立着三个黑色的身影，她定睛一看，来者不是别人，正是警察弗兰克、兰姆以及侦探希娃。艾伦过了好一阵子才回过神来，她从没想过弗兰克和希娃会在这个时候找上门来。

　　"卡德太太，我们能谈谈吗？"弗兰克问。

　　艾伦不好意思回绝弗兰克提出的要求，于是将弗兰克三人引进客厅，这间客厅是卡德家里稍微看得过去的房间，客厅里的家具全部由艾伦自掏腰包购买的。但艾尔伯特并不喜欢这套家具的风格，他常常为此向艾伦发牢骚。艾尔伯特哪里知道，这些家具和饰品在兰顿城中称得上是高档货。客厅里很冷，平时艾伦从不出入客厅，每当有客人来访之时，艾伦才会将客人领到较为宽敞的客厅内。

"你的丈夫艾尔伯特在哪？"弗兰克开门见山地问道。

艾伦张开苍白的双唇，回答道："我不知道。"

"他出门了？"弗兰克继续问道。

"他每晚都会外出。"艾伦说。

"就在本地吗？"弗兰克问。

"我不知道。"艾伦说。

兰姆命令弗兰克："立刻告诉门外的梅警官，让他火速前往村里寻找艾尔伯特，务必将艾尔伯特带回这里！"

说完，兰姆将帽子挂在沙发扶手上，坐在角落里的一把椅子上。

艾伦·卡德仍然站着，眼皮泛红，身上穿着黑色裙子，映衬着她的脸更加惨白，希娃走到她身边，将手搭在艾伦的肩上，示意艾伦坐下。

"请坐，卡德太太。"希娃说。

卡德拉过一把椅子，坐了下来。这把椅子在兰顿城里算是最普通的一把绸缎直椅。用金黄色缎布包着椅背上镶嵌着一排鎏金铆钉。希娃坐在沙发的另一端，而弗兰克这个人高马大的大块头只好独自坐在一把安乐椅上。这时，兰姆开口说："卡德太太，你的风衣上怎会沾有血迹？"

兰姆的问题就像针尖一样刺透了艾伦·卡德的心，像刀剜一般割在艾伦的皮肤之上，疼痛难忍。一时间，艾伦竟不知该说些什么，从何说起！泪水开始在她的眼眶中打转，她张开干裂的双唇，喃喃地说：“哪件大衣？”

希娃轻咳了一声，说：“卡德太太，兰姆警官想看看挂在格雷小姐家厨房衣挂上的那件黑风衣。今天下午你淋雨了，于是你将风衣脱下挂在格雷家厨房的衣挂上。但衣挂下的地板上却出现一摊血。”

听到这句话，艾伦·卡德腾地一下从椅子上站了起来，瞪大了双眼望着希娃。兰姆再次提高声调问：“你的大衣上怎会有血迹？”

艾伦·卡德强装镇定，慢慢地坐回椅子上，说：“可能是我那天在树林里不小心摔了一跤。”

希娃长叹一声，说：“听我说，艾伦，此时你所做的任何陈述将成为呈堂证供。明白吗？”

艾伦点点头，希娃继续说道：“那么，请告诉我为什么你的大衣上会有血迹？”

艾伦望着兰姆的眼睛，说：“是艾尔伯特。”

弗兰克飞快地用铅笔在笔记本上记录着艾伦所说的每一句话，兰姆趁热打铁问艾伦：“你是说你丈夫杀害了木屋里的死者？”

艾伦急忙摇摇头，说：“我不知道凶手是谁，但我一直在跟踪艾尔伯特。”

“你从何时开始跟踪他，确切地说，是星期几？”兰姆问道。

“周五晚间。”

“周五，那就是 1 月 8 日？”兰姆问。

“对的。”艾伦说。

"那么你去过树林里？哪片树林？"兰姆问。

"死人林，就在主车道对面。"艾伦说。

"你去那干什么？"兰姆问。

"我去找艾尔伯特。"艾伦说。

"你怎么知道他一定在那片树林里？"兰姆问。

艾伦心头一紧，艾尔伯特的花边绯闻早已使她心力交瘁，此时，兰姆的这一问题再次使她想起那段痛苦的往事。

"我早就知道他有个情人，他和他的情妇定期去死人林约会，而且我猜到玛丽·斯托克斯就是他的情妇。一般人谁能去那个破地方约会，也就玛丽这样的人才不在乎这些。她总来我家送黄油和鸡蛋，和艾尔伯特眉来眼去。周三那天她又来送鸡蛋，正好赶上我在忙别的事情，等我回到厨房的时候，我看见她把艾尔伯特随身携带的烟包放在橱柜上。等她走后，我打开烟包，里面有一个小纸团夹杂在烟丝里，上面写着：'周五，时间不变，老地方见。'我当时感到羞愤至极，五雷轰顶。"

兰姆说："你的意思是那张纸条是你丈夫和玛丽每周五在木屋里幽会的信件，对吗？很抱歉，我不该这么问你，但我们已在木屋里提取到你丈夫的鞋印了。"

艾伦摇摇头说："没关系。"

"好，详细说说周五那晚你发现了什么。"兰姆说。

"我在下午4点半从阿尔文娜家下班。回到家中的时候看见艾尔伯特正在园中洗车，直到5点。我打算做晚饭，但艾尔伯特却说他要出门，我问他何时回家，他反倒气呼呼地说不要我管他。

最后艾尔伯特看都没看我一眼，骑着车从后门走了。"

"卡德太太，艾尔伯特大概在几点钟离家的？"

"大概 5 点多吧。我把做饭的炉火都生好了。"艾伦说。

"艾尔伯特离家时穿的什么衣服？"兰姆问。

"一套蓝西服。除非他去见玛丽，否则他才不会在村里穿这么好的衣服。"艾伦说。

"他穿外套了吗？"兰姆问。

"是的，他穿了一件工服外套。当时天很冷。"艾伦说。

"继续说，卡德太太。你丈夫骑车离家后，你做了什么？"兰姆问。

"我跟踪了他。我穿好风衣，戴上帽子，跑出家。我以为我能根据自行车的尾灯追到他，但天太黑了，我几乎看不见他。于是我跑回家想拿上手电筒再走。"艾伦说到这里停顿了一下，看着兰姆，"没想到橱柜上的手电筒不见了。我到处找，楼上楼下找了半个小时还是没找到。"

"然后呢？"兰姆问。

"我赶紧追上艾尔伯特，跟在他后面，摸黑走进树林里，下意识地把手揣进衣兜里，唉，是手电筒！一定是之前我放在风衣里，自己忘了。"艾伦说。

"继续说。"兰姆焦急地说。

"我打着手电筒走进树林，本以为能在木屋里抓住他们两人的奸情。"

"然后呢？"兰姆问。

"我拿着手电筒沿着小路走到木屋前，我听到有人说话，于是我把手电筒关掉，我看见树丛里有束光线，不一会儿光线消失了，紧接着好像有人逃跑的声音。"

"朝哪个方向？"兰姆问。

"朝农田方向。如果是艾尔伯特，他可能把自行车停在农田里了。但我不确定那人是不是艾尔伯特。于是我朝那束光线走去，那边都是冬青树。我以为玛丽和艾尔伯特在那里，我打开手电筒，才发现是一堆树叶堆在冬青树下。我用脚把树叶踢开的时候，感觉脚趾碰到个什么东西。我一边用手电筒照亮，一边跪下用手扒开剩余树叶，天啊，是个女人！头部被打得血肉模糊！旁边的树叶上全是血，可能我刚才跪到带血的叶子上，风衣沾染了叶子上的血迹。我以为死者是玛丽·斯托克斯，甚至以为艾尔伯特就是凶手。但仔细一看，是个陌生女人。耳朵上戴着钻石耳环。我不明白艾尔伯特为什么要杀一个陌生人，他要见的是玛丽啊。因为我当时很害怕，于是用树叶把死人盖住，回家了。事到如今，我心里总是像有块石头一样压得喘不过气。"

"卡德太太，你应该报警。"兰姆严厉地说，"你差点铸成大错。请你看下笔录，如果没有异议，请你在笔录上签字！"兰姆转而对弗兰克说："问下梅，艾尔伯特是否已被带回？"

第二十二章
初审艾尔伯特

　　一盏茶的工夫，艾尔伯特·卡德被梅警官带回寓所。艾尔伯特·卡德，中等身高，黑色卷发，体型匀称，五官精致，确实称得上美男子一个。他大摇大摆地走进屋里，看见弗兰克三人出现在自己的家中，甚是吃惊。片刻，他用略带挑衅的语气说道："你们怎么来了？"

　　"你是艾尔伯特·卡德？"兰姆问。

　　艾尔伯特·卡德耸耸肩，说："对，我是。"

　　"你是哈洛先生家的外雇司机，对吗？"

　　"对，没错。"艾尔伯特说。

　　"好吧，请坐，我有几个问题想问你，请你配合！"

　　"你们没搞错吧，这是我的家，我想坐哪就坐哪，你凭什么在我的家里用命令的口吻让我坐下。"

艾尔伯特·卡德一边笑，一边露出两排洁白的牙齿。说完，他自己拉过一把椅子坐下。

兰姆严肃地说："请你详尽地告诉我1月8日，也就是周五晚4点半以后，你去了哪里。"

"有必要吗？"艾尔伯特轻佻地答道。

"卡德，你不说，对你没好处。"兰姆说。

"不然呢？"艾尔伯特反问道。

兰姆腾地一下从沙发上站起来，说："配合警方问询是每个公民应尽的义务。如果你是个清白之人，我没有权力强迫你做笔录或是回答某些问题，但是，卡德，我可以明确地告诉你，你和本案有众多的关联，现在请你陈述1月8日，周五下午，你去过哪里。如果你无法提供，警方有权对你进行拘留管理。"

艾尔伯特·卡德听完，一脸惊慌，唰地坐直身板，问道："你们想知道什么？"

"我想知道周五下午4点半后你的行踪。"兰姆说。

"您说什么，我怎么听不懂？"艾尔伯特问。

"1月8日，周五下午，你和一位女子有约会。你和她每次见面的地点定在死人林的木屋里。你在下午5点钟离家赴约。"兰姆说。

艾尔伯特面露尴尬，咧着嘴，一副二皮脸的架势，笑着说："我没去。"

"可是你出了门。"兰姆说。

艾尔伯特哈哈大笑，说："对，那天我的确出门了，这有什么问题吗？难道我不能出门吗？你们警察管得还真多。不过你说的没错，有个女孩曾经约我，但我不知道她去没去，反正我是没去。我妻子肯定在你们的面前没少搬弄是非，她嫉妒心很强，一个吃醋的的女人什么话都敢说。"

"卡德，你和玛丽·斯托克斯约会去了。"兰姆说。

"就算我去赴约了，又怎样？"艾尔伯特问。

"你妻子跟踪了你。她在死人林发现一具女尸埋藏于一堆树叶之下，死者名叫露易丝·罗杰斯。你妻子的大衣沾上了死者的血迹，我想提醒你，目前你已经没有权力发表任何无罪声明了。"

艾尔伯特大声喊道："警官，我为什么不能发表任何无罪声明？我什么都没做啊！既然你已经了解到那么多关于我的行踪，那我再说说一些具体的细节！玛丽·斯托克斯是个朝三暮四的女人。我们分分合合好几次，最后，她求我复合，我没答应，凭我的外貌，追求我的女孩排成队，随我挑选，我没必要单恋玛丽一枝花。其实我交了一个新女朋友，她是兰顿人。玛丽曾经给我留个字条，要我周五去见她，我没去，那天我去了兰顿。周六早上，玛丽又来我家送鸡蛋和黄油，她趁没人的时候往我的衣兜里塞了一张纸条，纸条上的内容就是约我在 5 点半到 5 点 45 分期间来木屋见面。但我还是没去，4 点半，我骑车去兰顿找我女朋友了。"

兰姆带着一副严厉而冷漠的眼神望着艾尔伯特，说："你和玛丽·斯托克斯发生了争吵？"

"是的，我们的确发生过争吵，但我们之间的矛盾还不至于让我将她置于死地啊。"艾尔伯特说，"我从来没有被女人玩弄过，否则我不会和玛丽纠缠不清。不管哪个男人最后都有可能上了玛丽的圈套，但肯定不会是我，我不想给自己找麻烦。你想想，乔·坦伯利虽然亲眼看见她进了家门，但他可以在 8 点左右悄悄溜回玛丽家作案啊。玛丽不是我杀的，在她遇害的当晚，我和我的女朋友在 8 点 45 分的时候还在兰顿城玫瑰皇冠俱乐部里玩飞镖，你可以问问当时在场的玩客，他们可以证明我说的话。我有不在场证明，您还认为我有作案嫌疑吗？"

"卡德，把你的双手张开，平放在桌面上。"兰姆说。

"你要干什么？"艾尔伯特紧张地问。

"平放！"兰姆命令道。

在众人面前，艾尔伯特只得乖乖地将双手摊开，平放在桌面上。

出乎所有人的意料，艾尔伯特的左手食指竟然是个残指。

第二十三章
由爱生恨的女仆

巴顿夫人是个脾气火暴之人，在她担任海瑟薇庄园大管家的30年间，她始终没有学会如何控制自己的脾气。巴顿夫人的东家老海瑟薇先生是村子里出名的坏脾气。这位老人的妻子因病过世，二人唯一的儿子罗杰在一次狩猎中不幸身亡。此后，偌大的海瑟薇庄园只剩下他这个孤家寡人。因接连遭受打击，他的性情渐渐变得乖张暴戾，整日借酒消愁，不问世事。这就给家里的一名女仆可乘之机。她经熟人介绍才得以在海瑟薇家中担任清洁女工，并以出色的活计赢得了巴顿夫人的信任。可谁也没有想到，就是这么一个看起来老实巴交的女仆趁管家巴顿夫人稍不注意顺手牵羊，盗走了老海瑟薇先生的祖传银质烛台，巴顿夫人曾为此懊恼不已。自此，女仆盗窃在她今后的管理工作中成为一大教训，她密切观察着家里女仆们所有的行为和动态。

　　这一天，格兰特·海瑟薇有事外出。海瑟薇庄园中只剩下巴顿夫人和女仆艾格尼丝·里普利。

　　巴顿夫人蹑手蹑脚地来到格兰特·海瑟薇的房间，房门没关，于是她轻轻地推开房门，偷偷地向屋里窥探，突然，她看见艾格尼丝·里普利正站在海瑟薇床边一边流泪一边亲吻着海瑟薇的枕头，若不是亲眼所见，巴顿夫人简直不敢相信自己的眼睛！她悄无声息地关好房门，回到厨房，装作若无其事的样子。11 点钟，艾格尼丝·里普利从楼上下来，回到厨房，巴顿夫人向艾格尼丝·里普利发出警告，提醒她作为一名仆人该尽的职责，不要抱有非分之想。对于巴顿夫人和艾格尼丝，这不是争吵的主题，她们更应该把焦点放在村里发生的两起命案上。但对大多数人来说，发生在自己身边的事情比任何其他事情重要得多。

　　周日一早，巴顿夫人和艾格尼丝·里普利从斯托克斯送奶工那得知玛丽的死讯，二人抱头痛哭，肝肠寸断。巴顿夫人对玛丽的绯闻早有耳闻，她深知，像玛丽这样朝三暮四的不安分女孩是不会有好下场的，而露易丝·罗杰斯只是个在迪平村里遇害的陌生来客。想到家里的"妖精"艾格尼丝和玛丽简直如出一辙，巴顿不寒而栗，神经紧绷起来。

　　午饭后，巴顿夫人怀着忐忑的心情来到格兰特·海瑟薇的书房，轻轻叩响了房门，"请进。"巴顿推开房门，海瑟薇正伏案写信，他抬头看一眼巴顿夫人，低头说道："夫人，我很忙，有什么事情一会儿再说。"

　　巴顿夫人一动不动地站在书桌前，中分的灰白头发梳得很光滑。黑色的衣服上扣子整齐地排列着，白色衣领处佩戴一枚别致的胸针。巴顿夫人是个严于律己、忠于职守的好管家。穿着合体大方、举止优雅端庄的巴顿夫人总能给人留下美好的印象。

格兰特看她动也没动，一言不发，于是放下手中的笔，说："什么事？"

"先生，我不会占用您过多的时间，但这件事我觉得您很有必要听一听，我已经警告过艾格尼丝，让她注意自己的行为举止。"

"哦？"格兰特看着巴顿夫人的坚定眼神，感到惊讶万分。

巴顿夫人怀疑格兰特·海瑟薇和妻子西塞丽分居的原因可能与艾格尼丝有关，但至今，二人婚姻破裂的原因究竟怎样，无人得知。巴顿夫人认为西塞丽是个好女孩，海瑟薇能娶西塞丽为妻是他上辈子修来的福气。人算不如天算，西塞丽最终还是离开了格兰特，离开了海瑟薇庄园。

"艾格尼丝怎么了？我觉得她干活还不错。"格兰特说。

"她工作确实很卖力，但我所指的不是工作上。"巴顿夫人说。

"那是什么呢？"格兰特问。

"格兰特先生，我不能说。"巴顿夫人支支吾吾地说道。

"呵呵，没关系，想说的时候再说。"格兰特笑着说。

"好的，先生。"说完，巴顿夫人转身离开了书房。

4点半，艾格尼丝给书房里的格兰特端来一壶茶。她走进书房，打开台灯，将茶杯放在桌子上，然后躲在格兰特的身后默默地注视着他。在艾格尼丝的眼里，格兰特是个完美无瑕的男子，他的一举一动都那么迷人，稳重的外表，宽厚的肩膀，好像随时都会让她依靠取暖。正当艾格尼丝沉浸在无限的遐想和美梦中，格兰特突然对她说："把茶杯放桌子上，你走吧，我还有活要忙。"

艾格尼丝犹豫片刻后，默默地走出房间，关上了门。格兰特在信纸的落款处签了名，把信装在信封里，信封注明收件人吉姆斯·罗尼的详细地址：兰顿城帕斯菲尔德街。他长舒一口气，倒了一杯茶，坐在椅子上，一边喝茶一边思忖自己刚才的决定是否正确。吉姆斯即将支付给史蒂芬一笔可观的保险费，这笔钱似乎来得轻而易举。格兰特十分信任史蒂芬，他是个聪明的掌柜，善于钻研农庄的经营方向。毕竟现在这个年代，农业是个需要智慧和资金作铺垫的行业。

十分钟后，艾格尼丝返回书房，然而她并未取走书桌上的茶盘，而是凑近格兰特，说："先生，我有话说。"

艾格尼丝的话将格兰特从沉思中拉了回来，他如此专注竟没有发现艾格尼丝已经悄然进入书房，来到他的身边。

"什么事？"格兰特冰冷地问。

"巴顿夫人今天给我一个警告，我想问问为什么。"艾格尼丝说。

"对不起，这你得问巴顿夫人。"格兰特说。

艾格尼丝紧握双手，说："你打算把我辞掉？"

"对不起，艾格尼丝，巴顿夫人是这里的总管家，我把一切事务全权委托她来处理。"说完，格兰特点燃了一根香烟，放在嘴里猛嗫一口，白色的烟雾顿时弥漫了整个书房。

艾格尼丝好奇地看着他，张开嘴似乎想说些什么，却欲言又止。

许久，艾格尼丝用近乎乞求的语气说道："格兰特先生，请别辞退我，我已经无家可归了。"说话间，眼泪像断了线的珠子一样哗哗地从她的眼中涌出，她抽泣着说，"我并没有做错什么，为什么要解雇我，巴顿夫人连个辞退理由都说不出来，先生，如果我哪里做错了，请您原谅我，我一定改正。"

格兰特有点不耐烦地说："别这样，艾格尼丝，除了这里，还有更多好地方呢。我无权干预巴顿夫人做的任何决定和安排。"

艾格尼丝泪眼汪汪地看着格兰特，说："您这么说，我会更难过的。"

格兰特最讨厌女人的哭声，他走到书桌前，将烟头一把捻入烟灰缸，大声说道："再这么闹也无济于事，你赶紧把茶盘拿走！"

"如果真的把我解雇了，我宁可撞死。"艾格尼丝央求道。

"别说了，赶紧把茶盘撤走。"格兰特对艾格尼丝下了逐客令。

"我的行为对你造成了伤害，是吗？那么，从今天起，我保守秘密，一个字都不说，但你不能开除我。"

格兰特走到壁炉边，拿起电话，艾格尼丝紧紧地抓住桌角，脸色苍白地说："如果你敢打电话，我会让你付出代价的，那笔钱你一分也别想得到。"

格兰特·海瑟薇听了这话，放下了电话，压低了声音，说："你应该清楚你在说什么。"

"警方已经找到她的，不，她们的尸体。"艾格尼丝颤抖地说。

"我不明白你的意思。"格兰特盯着艾格尼丝说。

"你不知道吗？明天报纸就会报道，警方昨晚在木屋地下室找到了树林凶案的死者。就是玛丽·斯托克斯上周五在树林里看见的死者。"

艾格尼丝继续说道："村里人都说那是玛丽自导自演的闹剧，现在玛丽死了。"

格兰特大喊道："你说玛丽·斯托克斯死了？"

"周六晚，乔·坦伯利送她回家，周日早间有人发现了玛丽的尸体，周日那天，你早早地出门了，你可能还不知道玛丽的死讯。"

"不，我不知道，我出门了，怎么会知道呢？"格兰特说。

艾格尼丝盯着格兰特，说："警方原本只是在找杀害玛丽的凶手，乔·坦伯利是第一嫌疑人，直到在木屋里发现失踪女的尸体，乔才洗清嫌疑。玛丽在案发现场看见凶手手上的疤痕，没过多久，她发现手上有刀疤的凶手就在这个村里，还是个熟人，而此时凶手也知道玛丽是唯一的案发目击证人，因此，凶手才杀人灭口。"

"闭嘴！"格兰特大声喝道，艾格尼丝倚靠在桌角，眼里充满了愤怒与惊恐，格兰特扭曲的脸不自主地抽动着，胸膛随着急促的呼吸起起伏伏。格兰特努力使自己的情绪恢复平静，压低声音说道："你还是把茶盘拿走吧。"

艾格尼丝心头一颤，咬牙切齿地对格兰特说："你不能开除我！我知道你所有的秘密！"格兰特并未做声，随即拿起了电话，艾格尼丝大声喊道："别！别打电话，求你了，先生，我不想伤害你，我知道在玛丽死之前，玛丽来过这里，你和她见过面，我听到了你们的对话。"

格兰特慢慢地放下了电话说："你说什么？"

艾格尼丝支支吾吾地说："除非您答应我，别开除我。"

"别跟我来这一套，你再说一遍刚才的话。"

"我看见玛丽来过这里。"

格兰特轻笑道："这就是你所谓的秘密？"

艾格尼丝急忙说道："我不想伤害你。"

"如果你还知道什么别的秘密，尽管说出来！"格兰特笑着说。

"上周五，巴顿夫人休假外出，那天我也正好有事出门了，比她先走一会儿，没想到巴顿夫人走的时候把房门反锁了，等我回来的时候我进不去屋子，只好来到您的卧室里，这时电话铃响了。"

格兰特冷峻的眼神里透着寒光，冷冷地问道："你接了电话？"

艾格尼丝抽泣着说："我想知道会不会是您夫人打来的，我只是想听听您和夫人平时都说些什么。"

"你以前这么干过，对吧？这次，你听见什么了吗？"格兰特丝毫没有原谅艾格尼丝的意思，愤怒的火苗正在心中熊熊燃烧。

艾格尼丝幽幽地说道："我听见一个女人说'你好，我想和海瑟薇先生谈谈'。"

第二十四章
马克的表白

阿伯特上校和夫人正在教区的一所房子里喝茶。弗兰克、兰姆以及希娃在阿尔文娜家中并未获得什么新线索，他们沮丧地回到警局。西塞丽穿着一条棕色短裙站在炉火前，熊熊燃烧的炉火将她的身影倒映在地上。在她的脚下，饱餐后的布兰布尔伸开四肢，慵懒地躺在地上打起了盹。

马克·哈洛坐在钢琴前弹奏着最新的曲谱，突然，他转过身来问："西塞丽，你觉得这首曲子怎么样？"

西塞丽回过神来，说："什么怎么样？"

"西塞丽，你走神了！"马克抱怨道。

"哦，对不起，我没听你刚才弹的曲子。"西塞丽略带歉意地说。

马克心中虽然对西塞丽的走神怀有怨念，但他始终保持着迷人的微笑，说："为了你，我愿意再弹奏一遍。"

"太好了。"西塞丽笑着说。

不得不说，马克除了是一位杰出的作曲家，还是一位极具天赋的钢琴家，每一个音符在马克的精心排列下都闪烁着耀眼的光辉，抑扬顿挫，合辙押韵，仿佛一段陈年往事娓娓道来。一曲终了，马克开心地问："亲爱的，怎么样？"

"不许你那么称呼我。"西塞丽生气地说。

马克挑挑眉毛，说："甚至我们独处的时候也不行吗？"

"是的。"西塞丽说。

马克大笑，说："如果有外人在场，我肯定不会那么称呼你，但现在这里就你我二人，怕什么。"

"我不想你在任何人面前这么称呼我。"西塞丽说。

"这一称呼并不代表什么啊，它只是个称呼而已。"马克说。

马克从钢琴凳子上站起身，走到西塞丽身边，轻声地说："西塞丽，你的事还要拖多久？"

"什么事？"西塞丽疑惑地望着马克。

"你的婚约啊，为什么不离婚呢？离婚很简单，不是吗？每天有那么多的人会离婚。现在你和格兰特发展到什么地步？"马克问。

西塞丽一言不发地坐在那里，歪过头坚定地说："我不想谈论我的婚姻，我的事不用你来插手。"

"西塞丽，别想那么多，去他的闲言碎语！你和格兰特同住一个屋檐下，彼此却无话可说，你不觉得很悲哀吗？如果你还想和他继续婚姻生活，那么作为你们共同的朋友，我甘愿退出这场感情的角逐，衷心地祝福你们，我们还像从前那样。但是，如果你决意和格兰特分手，别管那些长舌妇说了什么，我有追求你的权利和自由，请你给我一次机会！"

西塞丽冷冷地说："你真的这么想吗？"

"对！"马克斩钉截铁地说。

"你想得到我的财产。"西塞丽冷笑道。

"天啊，你太固执了！我再问你，你为什么不离婚？"马克不耐烦地问道。

"那么我告诉你，很简单，格兰特不同意离婚。除非他是过错方，我才能有理由提出离婚。但他并没犯过什么错。如果我和他分居三年以上，他有权向我提出离婚要求，可他并不打算离婚，这就是我们的婚姻现状。"I

马克惊奇地张大嘴巴，说："就没有别的办法吗？"

"没有。"西塞丽淡淡地说，"马克，我觉得你刚才弹的最后一个和弦有点儿不合拍。"西塞丽走到钢琴前坐下，随手弹出几个音符，"你看，像我这样处理这段小调是不是听起来更贴切？"西塞丽笑着说。

马克站在钢琴旁，双眼注视着键盘，说："但我更喜欢刚才的风格，西塞丽，我们难道不可能在一起吗？"

西塞丽皱起了眉头，不耐烦地说："别再问了，马克，我说了好几遍了，我们是不可能的！你再这么说，我可就生气了！我们还是聊聊你刚才弹奏的乐曲吧。如果你坚持认为这段小调沿用冲突的音符，那你肯定会后悔的。整篇乐曲的主基调是轻柔缓慢的，最后一段突然夹杂这么冲突的音符就破坏了乐章的协调性。"

第二十五章
离家出走的女仆

　　格兰特放下手中的电话，站在炉火旁，一只手揣在裤兜里，沉思许久。艾格尼丝站在书桌旁纹丝不动，双手紧紧地转着桌角。此时，二人默不做声，艾格尼斯意识到话既出口，覆水难收，但她依然不在乎这些，她所在乎的是格兰特会不会因此妥协，不再解雇她。艾格尼丝小心翼翼地说："你把她们俩都杀了，我知道，但我爱你，先生，我不在乎你杀了多少人，她叫露易丝·罗杰斯，你很好奇我是怎么知道的，对吗？可能警察到现在还不知道她的名字。但我可以去报案，我可以向警方说任何事，包括你和她的通话记录和内容，你让她来家里的经过以及她和你都说了些什么。"

　　格兰特瞟了一眼激动的艾格尼丝，平静地说："艾格尼丝，你疯了。"

　　"对，我疯了，我疯狂地爱上了你。西塞丽，那个小黄毛丫头凭什么能得到你的怜爱，她只不过是个小丑八怪！她离家出走后，我做梦都想成为你的伴侣，我一直幻想着你能够注意到我，哪怕看我一眼！但你从来没有正眼看过我一眼！"

"艾格尼丝，你疯了。"格兰特呵斥道。

艾格尼丝痛哭流涕地哀求道："我不敢奢求什么名分，只求能陪伴在您的身边。好吗？"

格兰特面不改色，脸上露出一丝厌恶的表情，艾格尼丝继续说："我手里握有你的罪证，如果我向警方全盘托出你的所作所为，警方会拘捕你！是你杀了露易丝·罗杰斯！是你杀了玛丽·斯托克斯！你才是两起命案的真正凶手！是你杀了他们，是你！"

格兰特大声喊道："闭嘴！"他快步走到门口，拉开房门，"滚出去！明早立刻从这里滚蛋！"

艾格尼丝泪眼婆娑地望着格兰特，头也不回地冲出书房。

第二十六章
卡德的情妇

·

这一日，兰姆、史密斯以及弗兰克决定对艾尔伯特·卡德的情人——梅西特·雷尔进行传讯。没有任何直接证据指明艾尔伯特·卡德是两起凶杀案的凶手，因此警方无权对他提起控诉。就目前的情况来看，警方无法排除艾尔伯特·卡德的嫌疑，艾尔伯特·卡德是否可以定罪将取决于梅西特·雷尔的证言。

在审讯室里，兰姆、史密斯以及弗兰克早已坐在桌前等候多时。史密斯是个聪明敏锐、积极上进的年轻警官，整个下午，他只琢磨一件事：米歇尔·费朗的证言是否真实。于是，他试探性地对兰姆说："总督察，对于米歇尔·费朗的证词，我有些别的看法。"

"怎么了？"兰姆疑惑地望着史密斯说道。

"您还记不记得，费朗的证词是关于露易丝·罗杰斯如何丢失珠宝以及如何到此寻找抢劫犯的故事。"

"你去兰顿布尔旅店调查过？"兰姆问。

"是的，一切正如费朗所说，露易丝确实在那家旅店住过。露易丝于1月2日入住，1月5日离店。我问过大堂行李搬运工，他说他不曾给过露易丝信封。至于费朗所说的两名醉汉，搬运工也未曾见过。因此，我认为，费朗证词的真实性有待考证。"

"什么？"兰姆瞪圆了双眼。

"我做出一个大胆的推断：费朗因爱生恨，将露易丝杀害。这种情杀在当今社会很常见。费朗声称露易丝曾向他借车，并独自驾车而去，有没有这种可能：露易丝并非一人驾车，而是和费朗在一起，或者两人约好在某地见面，期间二人发生争执，于是费朗起了杀心，将露易丝杀害。而后，费朗将车行驶至贝辛斯托克，弃车而逃，搭乘火车回到伦敦？"

"那么，是谁在星期六的晚间将露易丝尸体藏匿于木屋的地下室内？那么，费朗怎知木屋的精准位置？他怎么知道木屋里还有个地下室？警方尚且花费大量的时间才找到木屋的地下室入口，他一个法国人，手上拖着一具女尸，在黑夜里怎会轻易地找到地下室，并将尸体藏匿起来？！"兰姆问道。

史密斯被兰姆的一席话呛得哑口无言，审讯室内顿时鸦雀无声。突然，梅警官在门口大声喊道："报告总督察，梅西特·雷尔带到！"

兰姆三人一齐将目光投射在门前这个女人身上，只见梅西特·雷尔内着一身齐膝长裙，外穿一件收腰大衣，脚上穿着一双破旧的高跟鞋。她的皮肤很白，是那种病态般的惨白色，像个白化病人，弯弯的黑睫毛，蓝灰色眼睛，猩红的嘴唇像个带血的玫瑰，尤为扎眼。光秃秃的脑壳被灯光照得像个发光的大灯泡。

"找我来有什么事吗？"梅西特·雷尔问。

兰姆直起腰身，端坐在桌前，说："有几个问题想问您，雷尔小姐。"

"好的，您问吧。"雷尔的声音和其他女孩一样纤细柔弱。

"在1月8日，周五晚9点至10点期间，你在干什么？"兰姆问。

雷尔咯咯地笑着说："我可不按日历过日子。星期五……哦，对了，那是上周五。5点至5点半期间，我在公司干活。5点半公司打烊，我就去见我的男朋友了，随后我们像往常一样在饭店吃饭，然后去电影院看电影了。"

"请问你的男友是谁？"

雷尔惊慌地看着兰姆，说："怎么了？他不是没干什么吗？"

"他是谁？雷尔小姐。"兰姆严肃地问道。

雷尔感到事情不妙，抬起头，说："艾尔伯特·卡德，你们知道的。"

"卡德和你是在1月8日周五晚5点半见面的？"兰姆问。

"没错。"雷尔说。

"你们在一起待了多长时间？"兰姆问。

雷尔又笑起来，说："就像我说的，我们先吃了饭，后来去看了电影，10点半从电影院出来。"

"这五个小时里，他一直和你在一起吗？"兰姆问。

"哦，期间他出去了五分钟。"雷尔说。

"你和他认识多久了？"兰姆问。

"不长时间。"雷尔说。

"多久？"兰姆问。

"两周吧。"雷尔说。

"你知道他是个有妇之夫吗？"兰姆问。

雷尔恶狠狠地看着兰姆，问："这和我有什么关系？"

"那么，第二天，也就是周六，1月9日，你见过艾尔伯特·卡德吗？"兰姆问。

"见过。"雷尔说。

"几点？"兰姆问。

"周六下午是我的休班。他在下午5点的时候找到我。"雷尔说。

"在你家？"

"对，待了一会儿。"

"然后呢？"

"我们去看电影了，是另一家电影院。直到10点半电影结束，我们才出来。"

"那么，前天，1月16日，你和艾尔伯特·卡德见过面吗？"

"对！不可以吗？！我说过周六下午我休班，我们在我家待了一会儿，然后去玫瑰皇冠酒店玩飞镖。"

"你们是几点从你家出发的？"

"大概8点，10点左右才回来。"

兰姆心想：如果雷尔所说属实，那么艾尔伯特·卡德不可能在 1 月 9 日周六晚 6 点将露易丝尸体搬运至木屋地下室，更不可能在周六晚 8 点 15 分将玛丽杀害，艾尔伯特·卡德没有作案时间。按照雷尔的证词，艾尔伯特·卡德有不在场证明，但不幸的是，雷尔看起来像个精神病人，她时而瞪着兰姆，时而咯咯发笑，时而沉默不语。她的证词可信吗？

第二十七章
女仆的报复

　　梅西特·雷尔前脚刚走，梅警官来到审讯室，说："总督察，迪平村海瑟薇家的女仆艾格尼丝·里普利刚刚打来电话，向警局举报凶手。"

　　弗兰克的嘴唇颤动了一下，他怎么也没想到艾格尼丝会打来电话，弗兰克预感到这将是一场不小的风波。

　　艾格尼丝骑着自行车从迪平村赶了 3.5 英里的路来到警局。她穿着家仆制服走进审讯室。艾格尼丝和雷尔一样，略微谢顶，但她的面庞并不像雷尔的妆容那么夸张妖艳。露水顺着艾格尼丝额头上的发丝流淌下来，蜡黄的脸没有一丝血色。眼眶旁有一块明显的淤青。艾格尼丝坐在椅子上，激动地说："我知道谁是两起命案的凶手。你们想知道吗？"

　　"你要做笔录？"兰姆问。

"我知道凶手是谁。"艾格尼丝没有回答兰姆，呆呆地坐在椅子上，眼睛直勾勾地盯着面前的兰姆，嘴里喃喃地重复着这句话。

"好，那么请你告诉我你的姓名以及通讯地址。"兰姆说。

艾格尼丝显得有些不耐烦，快速地说："艾格尼丝·里普利，迪平。"

"那不是海瑟薇先生家吗？我记得你是家里的女仆，对吧？"

"是我。"艾格尼丝的嘴角抽搐了一下。

"艾格尼丝·里普利小姐，怎么了？"

"上周五，下午 4 点 10 分的时候，有个外国女人给海瑟薇先生打来电话。"

"请等一下，你怎么知道对方是个外国人呢？"

"她的口音很不一样。"

"这么说，是你接的电话？"

"不，我用分机偷听到的。"

"为什么？"

"我想知道谁给海瑟薇打电话，我以为这通电话会是他的妻子打来的。"

"你为什么对海瑟薇的电话感兴趣？"

"我只想知道对方是不是海瑟薇太太。"

"但对方是个外国女人，你确定吗？她说没说名字？"

"她只说了一句：'我想找海瑟薇先生。'当海瑟薇先生接通了电话，那个外国女人自报家门，说：'我叫露易丝·罗杰斯，您可能不认识我，但我这有您一封信，我想给您送过去。'"

"你确定她叫露易丝·罗杰斯？"

"要不是她自己说的，我怎会知道她叫什么。"

"继续说。"兰姆说。

"那个外国女人说格兰特·海瑟薇在1月4日晚来到兰顿布尔旅店，把一个打火机落在那了。但海瑟薇矢口否认，那个女人还说有一封给海瑟薇的信，她向海瑟薇索要家庭住址，声称会亲自开车给海瑟薇送信来，海瑟薇坚称女人搞错了，但最终还是将家庭住址告诉了她。"艾格尼丝说。

"就这些？"兰姆问。

艾格尼丝抬起头，说："下午4点半，我听见门外有停车声，格兰特·海瑟薇亲自下楼开门迎接那个女人。海瑟薇将那个女人引到书房，我偷偷摸摸地尾随他们跟到书房，扒开门缝，听见他们所有的谈话内容。"

兰姆凝视着艾格尼丝，问道："你为什么要躲在门外偷听？"

艾格尼丝的眼中泛起泪花，说："女人根本不认识海瑟薇，她在布尔旅店见过海瑟薇，找尽各种理由接近海瑟薇，我躲在门外想听听他们到底说些什么。"

兰姆的脑海中快速地做出判断：艾格尼丝爱恋海瑟薇，她嫉妒海瑟薇身边的任何女人，一个吃醋女人的证言有时也许是真实的，若不是海瑟薇的所做所为伤透了她的心，她是不会特地跑到警局告发自己的爱人。

"里普利小姐，请继续说！"兰姆命令道。

"那个女人说话语速很快，而且带着外国口音，她说的话我听得不是很清楚，但我大概能听出她在说一些关于钻石的话题。海瑟薇坚称他不知道什么钻石，女人貌似很激动，说话更快，几乎大喊道："请你把手拿出来，我一看就明白了！"海瑟薇不肯，向门口走来，我担心被发现，于是溜走了。"

"你的意思是，杀害玛丽·斯托克斯以及露易丝·罗杰斯的凶手是海瑟薇先生？"

艾格尼丝点点头。

"里普利小姐，说话要有根据。"兰姆说。

艾格尼丝颤颤巍巍地说："是海瑟薇杀了她们。"

"为什么？"

"我当时听得不是很清晰，但大概能听出那个女人说海瑟薇在法国战争的时候把她的钻石抢走了。"

"你听见露易丝曾说过海瑟薇抢过她的钻石吗？"

"我没听见，如果他没做亏心事，露易丝怎么会找上门来？海瑟薇把抢来的钻石卖掉，填补了农庄的亏空。"

"如此一来，你有理由怀疑海瑟薇是命案凶手。你听见露易丝走了吗？"

"5 点左右，我听见关门的声音和汽车发动的声音。"

"你听见女人说话声了吗？比如说晚安之类的话。"

"不，我没听见。"艾格尼丝说。

"里普利小姐，请你仔细回忆下，车子发动后，海瑟薇先生说了什么？这点很重要。"兰姆心想，如果车子驶离农庄后，艾格尼丝在房间仍然听见海瑟薇活动的声音，那就足以证明露易丝·罗杰斯不是海瑟薇所杀，也就是说，露易丝离开农庄的时候还是个大活人，海瑟薇并不具备作案时间和嫌疑。

"不，我没听见他发出任何动静。"艾格尼丝冷冷地说。

"那么第二天下午5点半至7点半期间，你在何处？海瑟薇先生身在何处？"兰姆问。

"我和巴顿夫人在厨房忙活，至于海瑟薇先生，我不知道他当时在哪，也许在房间里休息，也许出门了吧。我没看见他。1月16日，上周六晚间，就是玛丽遇害当晚，我和巴顿夫人乘坐汽车在8点50分到达迪平站点，进入家门的时间大概是9点半。我不知道海瑟薇当时在不在家，直到11点，我才听见他开门的声音。"艾格尼丝说。

兰姆问："你和海瑟薇先生是什么关系？"

听到这一问题，艾格尼丝的脸立刻变得绯红，嘴里喃喃地说："关系？"

"你明白我在问什么，你是他的情妇吗？"

艾格尼丝大声哭喊道："不！我不是！如果我是他的情妇，我怎么会跑到警察局举报他！他连正眼都不看我一眼。他的心里根本没有我！而我愿意为他做任何事，赴汤蹈火，在所不辞。可今天，他把我撵出了农庄。我曾经跪下来向他哀求，我甚至用他不可告人的秘密威胁他，可他无动于衷，仍然要把我赶出农庄。"说完，艾格尼丝低声呜咽起来。

第二十八章
窃听者

艾格尼丝离家出走了，这天傍晚，7 点钟，巴顿夫人敲开书房房门，一脸愁容地说："先生，我不知道发生了什么事，艾格尼丝突然不见了。"

"不见了？"海瑟薇停止了手中的书写，抬起头，疑惑地望着巴顿夫人。他正在批改农场所用的农具清单，近几年，农具价格飙升，海瑟薇不得不学着控制投资成本，将发生于合同中的成本投资控制至最低值，有些成本投资属于合同外发生的额外费用，此项费用由詹姆士·罗尼父子支付。

巴顿夫人清了清嗓子，回答道："她下午匆匆地跑到厨房，穿起大衣，骑着自行车就走了，我以为她像以前一样去了邮局，但是直到现在她还没回来，最近村里发生的两起命案实在是太可怕了，她一个女孩到现在还没回来，真是让人担心啊。"

格兰特的心中如明镜儿一般，坐在椅子上半晌说不出话来。他知道艾格尼丝因何而离家出走。巴顿夫人拿起书桌上的托盘，这时，格兰特冷冷地说："放心吧，夫人，艾格尼丝不会有事儿的，她只是对你给她的警告感到委屈罢了。但我敢说她不会再回来了。她有没有什么朋友家可去？"

巴顿夫人愣了一下，说："她没有几个朋友，但是兰顿城里有个帕森斯太太，曾经和她交往甚密。她们俩总在一起喝茶聊天，先生，您的晚餐需要拿到书房吗？这里有壁炉，能暖和些。"

"好的。"海瑟薇说。

巴顿夫人拿着托盘走出书房后，海瑟薇立刻拿起桌上的电话拨通了阿伯特别墅。

"喂？"听筒里传来西塞丽的声音。

"还是我，格兰特·海瑟薇，西塞丽，弗兰克在吗？"

"不，他不在，格兰特，我说过，如果弗兰克回来了，我会打给你的。"西塞丽有些不耐烦。

"对不起，西塞丽，但……"格兰特欲言又止。

"格兰特，怎么了？"西塞丽问。

"我也想知道究竟发生了什么。"格兰特·海瑟薇说。

这时，门外传来一阵汽车发动机的轰鸣声，轰鸣声在海瑟薇庄园的大门外戛然而止，随之而来的是一阵急促的脚步声，"不说了，西塞丽，家里来客人了，晚安。"说完，格兰特挂上电话。

格兰特站在门口，等待着来者叩门，他心中忐忑不安，不知来者是何人，他忽然有一种和西塞丽再次重聚的冲动。打开房门的一瞬间，格兰特顿时惊呆了，令他没想到的是，兰姆总督察和西塞丽的警察堂哥弗兰克竟然出现在这里。他转念一想：看来艾格尼丝还是先他一步，跑到警察局说了些什么，不然兰姆和弗兰克不会这么晚亲自来到家里。格兰特的心头泛起一丝丝不安。

"海瑟薇先生，很抱歉这么晚来打搅你，希望你不介意。"兰姆张口说道。

格兰特强颜欢笑地说："怎么会呢！我给阿伯特别墅打过两次电话，询问弗兰克回没回家，我正好有事想找你们，请进！"格兰特遂将众人引进书房。

"请坐，海瑟薇先生，我想你已经猜到了，你的女仆艾格尼丝前来警局报案，我想海瑟薇先生应该有什么话想说。"兰姆开门见山地说道。

格兰特拉过一把椅子坐下，三人围坐在圆桌旁，兰姆的脸色阴沉而严峻，弗兰克面无表情地对视着格兰特，像是在看管一个犯人。格兰特心中清楚二人此行的目的，如果他的一番解释无法将自己从这起离奇的命案中开脱出来，那么他和詹姆士·罗尼父子的交易将作废取消。格兰特急需这笔钱，他必须为自己证明清白之身。

"我能看下艾格尼丝的笔录吗？"格兰特故作镇定地说。

弗兰克递给格兰特一份打印笔录，格兰特从头至尾仔细地浏览一遍，皱起了眉头，说："艾格尼丝一定是疯了，今早管家巴顿夫人给她一个警告后，她竟然跑到书房来求我别开除她。"

"为什么管家要给她处分？为什么要开除艾格尼丝？"兰姆问。

　　"这你得问我的管家巴顿夫人，我把家里的事全权托付给她了。"格兰特·海瑟薇说。

　　"你不知道？"兰姆问。

　　"巴顿夫人不愿多说，我也没多问。"格兰特说。

　　"海瑟薇先生，你手里拿着的就是艾格尼丝·里普利的笔录，对于艾格尼丝的指控，你有什么要解释的吗？"兰姆问。

　　"首先，我要声明一点，周末早8点半至周一中午11点期间，我有事外出，不在迪平。直到艾格尼丝今天下午5点钟提起这两起命案我才知道玛丽·斯托克斯的死讯。"格兰特说。

　　"周一早11点，你外出归来并接受史密斯警官的传讯。史密斯除了问你1月8日，也就是上周五晚你的行迹以外，同时也采集到你的指纹。"

　　"对，我听说过玛丽·斯托克斯在树林里的遭遇，但树林里其实没有尸体，这简直就是无稽之谈，我敢说，这一定是玛丽瞎编出来的。"格兰特说。

　　"你听过玛丽的遭遇？"兰姆问。

　　"对，巴顿夫人多少和我说了一些，哦，还有我的妻子，她和我轻描淡写地说了些。"格兰特说。

　　"你觉得史密斯传讯你的目的是为了核实玛丽所说的故事？当时你还不知道玛丽已经遇害了？"兰姆问。

　　"对，我不知道。"格兰特答道。

　　"那么，你知道露易丝·罗杰斯的尸体是在木屋里发现的吗？"兰姆问。

"我不知道。"格兰特说。

"史密斯警官离开后，你去了哪里？"兰姆继续问道。

"我去农田里了，大部分时间我和放牧人待在一起。午饭后，我去农场修补破损的牲口棚，农场里的活排得满满的。然后我回到书房写文案。不一会儿，艾格尼丝就进来了。"

"没人和你说过你离家期间发生过两起命案吗？"

"放牧人和工人都没和我说过，巴顿夫人也没说过，如果有必要，你可以向他们证实。"

兰姆用右手食指敲了敲膝盖，说："说到笔录，你怎么看？你觉得艾格尼丝所说是否属实？"

"有一部分是真实的。"格兰特说。

"哪个部分？"兰姆问。

格兰特低头看了看打印好的表格，翻开一页，指着一段字迹说："电话里的通话内容是真实的。"

"露易丝·罗杰斯确实给你打过电话，还开车到过你家？"兰姆问。

"对。"

"她来了吗？"

"来了。"

"对于艾格尼丝所说的你们的谈话内容，你有什么异议吗？"

"她全都搞混了，事情是这样的。来者是个操着外国口音的女人，但英语说得很流利，因为情绪激动，她说话的语速过快，可能艾格尼丝没听清。那个女人说她如何带着珠宝从战争巴黎中逃离出来，半路上被一个英国人打劫，珠宝全被抢光了。她说她当时看清了劫匪的手，并要求我把双手摊开给她瞧，虽然我很同情她的不幸遭遇，但这事跟我有什么关系呢？最终，我按照她的要求，把手放在桌子上，她仔细地辨认后，略带失望地走了。"

兰姆坐直了腰板，把两只手臂放在写字台上，向前探了探身子，说："那个女人从你家离开后，你去了哪里？"

格兰特微笑着说："你说 5 点以后吗？你们不是问过了吗？我记得史密斯警官传讯我的时候都已经记录在案了。你肯定已经知道，我出去了一会儿。"

"你和露易丝·罗杰斯一起离开庄园的吗？"

"不，她走后不一会儿，我才出门。"

"露易丝走后多久，你出门了？"

格兰特耸耸肩，说："几分钟吧。"

"可是艾格尼丝说你没出门，还留在家里。对此，你怎么解释？"

"我没什么可说的。"格兰特说。

"步行？骑车？还是开车走的？"

"步行。"

"去哪了？"

兰姆敏锐的双眼紧紧地盯着格兰特面部的任何一寸肌肉，他想从格兰特的微表情里察觉到一丝线索，至少看出格兰特是否在撒谎。

格兰特此时深知，自己要是想不被警方怀疑是凶手，必须克服来自心理上的浮躁和情绪上的对抗。面对警方的询问，少言少语是明哲保身的第一信条。于是，他灵机一动，毫不犹豫地说："我去汤姆林农场附近溜达溜达。"

"你见过玛丽·斯托克斯吗？"

"没见过，我独自一人散步。"

"碰见过迪平村里的人吗？"

"没有。"

"你出去多久？"

"我……"格兰特停了一秒，皱起眉头说，"我在7点半回到家中。"

"呵呵，这么说，从汤姆林农场到贵府步行花费不了多长时间，两地距离大概多远？三英里还是四英里？"兰姆问。

"大概三英里吧。"

"海瑟薇先生，你在户外溜达了一个小时，那么接下来一个半小时里，你又去了哪里？"兰姆问。

格兰特勉强地笑了笑，说："我在教堂。"

"哦？周五晚上？"

格兰特点点头，说："对，当我路过教堂的时候，我听见有人正在弹奏风琴，肯定是西塞丽在弹奏，教堂侧门没关，于是我走进教堂听她弹曲子。"

"你在教堂里停留了一个半小时？"

"差不多吧。西塞丽在7点钟的时候离开教堂，随后我也从教堂往家走，大概25分钟后到家。"

"那么，你的妻子能证明你所说的一切吗？"

"哦，不能，她不知道我在台下听她弹奏。"

"谁能证明你的证言？"

"恐怕没人能证明，巴顿夫人和艾格尼丝都不在家，对了，艾格尼丝偷听完走了吗？"

"是的。"兰姆说。

兰姆明显感觉到格兰特有意回避警方的节点问题，难道他真的会在台下听妻子演奏风琴？这可不是一个好借口。

"海瑟薇先生，1月9日周六晚5点半至9点期间，您在哪里？"兰姆问。

格兰特努力地回忆着他对史密斯说过的话，当天4点钟，他本打算骑着自行车去迪平村里，碰巧遇见西塞丽正在街上遛狗，二人话不投机，不欢而散，于是他转头回了家，一直待在家中。

"4点半，你返回家中？"

"是的。"

"再也没出门吗？"

"没有，我还有很多活要干。"

"管家巴顿夫人能证明你在家吗？"

"7点半，我在家吃晚餐。巴顿夫人和艾格尼丝都能证明我说的是真的。顺便问一下，这个时间节点真的这么重要吗？"

兰姆凝视着格兰特的双眼，说道："露易丝·罗杰斯的尸体在5点半至6点半时间段内被运至木屋，期间恰巧玛丽·斯托克斯目击凶手实施犯罪的整个过程，于是她哭喊着跑到了阿尔文娜家。如果玛丽当初向警方说了实话，凶手不会逍遥法外，玛丽也不会遇害身亡。但事实并非如此，玛丽说她没去过木屋，露易丝的尸体是在其他地方被她发现的，此时，凶手已经将尸体转移至木屋地下室，藏匿于石板下。"

格兰特的脸唰的一下变得像白纸一般，说："哦，那天我照例在家吃了晚餐，这点巴顿夫人可以证明。我是个爱干净的人，怎么会拖个尸体跑到木屋里干那些脏兮兮的活。你看，我每天都是穿着干净得体的衣服出门应酬。"

兰姆眯起双眼，慢悠悠地说道："万事皆有可能。"

格兰特·海瑟薇强露欢颜，说："呵呵，别开玩笑了，警官。"

"请问，海瑟薇先生，1月16日周六晚7点半后，你去了哪里？"兰姆问。

格兰特坐在椅子上，跷着二郎腿，双手自然地放在膝盖上，一脸轻松地说："巴顿夫人和艾格尼丝出门了，我以为她们9点半能回来，然而事实并非如此。艾格尼丝说玛丽被杀了，此时我说再多也无用，不是吗？我就在屋子里，哪也没去，但没人能证明我。"

"海瑟薇先生，说回露易丝·罗杰斯，你认为艾格尼丝所说的你和露易丝的通话内容是真实的，对吗？"兰姆问。

"是的。"

"也就是说，1月4日晚，你去过兰顿布尔旅店。那么，请你详细说明在布尔旅店到底发生了什么。"

"没什么事啊，我去看一个朋友，他叫杰姆斯·罗尼。他住在帕斯菲尔德街。我和他一直待在一起，然后他送我去火车站，我本打算乘坐8点20分的火车回家，没想到他的手表慢了几分钟，我没赶上那趟车，下一班车要等到一个半小时后。因此我来到火车站附近的布尔旅店，正巧碰到一个熟人也在布尔旅店，他的车胎坏了，正在换轮胎，我们把车停在修理铺里，一起来到旅店大堂。"

"碰见哪个熟人？"

"马克·哈洛，我的邻居，他是格兰奇庄园主。"

一旁的弗兰克突然灵光一闪，心想：莫非艾尔伯特·卡德当晚也出现在布尔旅店，而露易丝·罗杰斯恰巧在旅店认出当年那个劫匪的手？

"您和哈洛先生来到布尔旅店，在那里停留多久？"兰姆问。

"大概半小时。"

"在此期间，您和马克·哈洛一直待在一起吗？"

"几乎大部分时间都在一起，我看见和我一起在法国当兵的战友，我刚要过去和他打招呼，这时马克非要拉着我去看车修好了没有，于是我跟他去找车子了。"

"你去后院了？"

"对啊，车停在那了。"

"你有打火机？"

"是的，但我的打火机并未落在布尔旅店。"

"你确定？"

"相当确定。我走到车子那的时候，发现车子已经发动，于是，哈洛开车把我送回家了。"

"马克·哈洛亲自开车？还是他的司机开车？"

“司机卡德开车。”

“艾尔伯特·卡德？”

“对。”

“海瑟薇先生，鉴于您和露易丝·罗杰斯曾经单独接触过半小时，您能不能详细说说露易丝·罗杰斯的装扮？”

“她穿着昂贵的黑衣、黑帽，名牌长筒袜，名鞋。”

“全身黑色打扮？”

“不，长筒袜不是黑色的。”

“除了黑色衣着，有没有别的东西留给你的印象很深刻？”

“哦，对了！耳朵上那对耳环很招眼。就是那种很受女人追捧的钻石耳环。”

“你确定她戴着一对耳环？”

格兰特疑惑地望着兰姆，说：“没错，我确定，一对耀眼的钻石耳环。”

真是山重水复疑无路，柳暗花明又一村。兰姆心中窃喜，案情进展到现在越来越清晰明朗了。

“露易丝·罗杰斯看过你的手后，说了什么吗？”兰姆问。

“她说她记得那个劫匪的手，化成灰都认得，我照她说的那样把手放在桌子上给她瞧。”

“一只手？还是双手？”

“双手。”

“你能现在演示一下当时的情形吗？”

“可以。”

格兰特把双手放在写字台上。一双厚实宽大的手掌在灯光的照射下显得粗糙而苍劲，兰姆仔细地观察着，他发现格兰特的左手拇指和食指之间有一条细细的白色十字疤痕，这条微小的疤痕在黝黑的肤色下显得格外醒目。

"海瑟薇先生，您手上的疤痕是如何造成的？"兰姆问。

"哦，我14岁的时候摆弄刀，不小心划伤了。露易丝·罗杰斯也看到了这道疤痕。"格兰特说。

"哦？那么她没告诉你，那个丢打火机的男人手上也有一道伤疤吗？"兰姆说。

格兰特微笑着说："呵呵，但是她看过我的手后并没说什么，反倒很失望地走了。"

随后，格兰特伸出一只手，对兰姆说："兰姆总督察，那晚布尔旅店的酒吧人很多，至少20多人聚集在酒吧喝酒，除了我们几个后来的，谁都有可能把打火机落在露易丝的窗户下，而露易丝恰巧此时认出那个人。"

"在迪平村里，她为什么单单开车来到你家？为什么要查看你的双手？为什么来过你家后不久被害身亡？为什么第二天还被藏尸于木屋地下室？你觉得布尔酒吧的其他人在露易丝遇害前一天就已经策划一切了吗？对于露易丝·罗杰斯的死，你具有重大的嫌疑。"兰姆说。

格兰特听后，低下了头，把双手放进口袋里，将口袋里的一串钥匙摆弄得叮当作响。不一会儿，他抬起了头，说："我不知道该怎么辩解，算了，一切都会水落石出。"

　　兰姆走近格兰特，在他耳边说道："我们正在全力搜寻证据，另外，我希望在您的嫌疑未被排除前，您最好别离开本地。"

第二十九章
继承者的悲哀

　　莫妮卡·阿伯特夫人打来电话。电话里，莫妮卡说阿伯特上校和朋友下象棋正在兴头上，今晚不回家吃晚饭了。

　　"西塞丽，你一定要招待好希娃和弗兰克。宝贝女儿，你多少要吃点东西哦。"说完，莫妮卡挂下了电话。

　　不一会儿，电话铃再次响起，是弗兰克打来的。

　　"西塞丽，我是弗兰克，今晚我不回家吃饭了。我正开车把总督察送回兰顿警局，我在警局吃工作餐。"说完，弗兰克匆匆挂断电话。

　　西塞丽懊恼地放下电话，正准备起身离开，这时，电话又响了，西塞丽心想：今天是怎么了？电话一个接一个。于是，西塞丽再次拿起话筒。

　　"喂，你好。"西塞丽说。

"西塞丽，是我。"是马克·哈洛！西塞丽心中一惊，自从上次拒绝马克的求爱，她从未想过，马克竟然还会打来电话，西塞丽的心像揣着一只小鹿一样怦怦乱跳。她慢慢地说："什么事？"

"我能去你的家里坐坐吗？"马克说。

"不，不可以。"西塞丽斩钉截铁地说。

"为什么？"

"我的父母都不在家。"

"这和他们在不在家有什么关系？我只想和你谈谈。"

"你打算找我和希娃一起谈谈？"

"那我们出来找个地方坐下来谈谈好吗？"

"不。"

"你怎么这么固执！像块石头一样。"马克提高了声调。

西塞丽轻声笑道："世间能有什么可让我心软的？"

"西塞丽，我被那件命案弄得心烦意乱，到处都是警察，他们每天不断地调查、走访，问这问那，没完没了，大上个礼拜的事我哪还能记得清！你知道，我正在为你创作四重奏，这工作都没法干了！"马克抱怨道。

"我无所谓啊。"西塞丽轻轻地说道。

"你说这话就不对了，这些乱七八糟的命案把村里弄得乌烟瘴气。我是搞创作的，必须营造一个安静、祥和的创作空间。否则，我将失去创作的灵感。如果一个国民连最基本的人身安全都难以保证，何谈国家的治安保障？现如今，你看看村里成什么样了，阴暗、冷酷、沉闷、无聊，到处笼罩着恐怖的气氛。那个外地女人死了，害得我们成天被苏格兰警局的警长调查传讯。"马克·哈洛愤懑地说。

西塞丽默不作声，平静地说："马克，你还说我呢，我看你才是个自大狂妄的人！"

"简直一派胡言，你总是把自己当成地球，让所有人都围着你转。我是个艺术家，艺术家难道不应该为创作而生活吗？"

"我没时间听你废话连篇！"西塞丽说。

马克突然苦笑道："你是我见过最自大的人。"

"我才不是呢。"西塞丽说。

"不，你就是那样的人。"马克说。

西塞丽愤怒地把电话筒挂下，径直走向客厅。希娃正坐在壁炉旁织毛衣，自从希娃来到阿伯特别墅，她在短短的几天里已经编织出第二件贝壳粉色的夹克毛衣。西塞丽慢慢地靠近希娃，睿智的希娃给西塞丽留下了美好的印象，在这个家里，希娃是她唯一信任的局外人。西塞丽低着头，小声嘀咕说："希娃，你认为我是个自大的人吗？"

希娃微笑着说："是不是有人这么评价你？"

西塞丽点点头，说："马克·哈洛说我是他见过的最自大的人，你也认为我是这样的人吗？"

希娃一边织毛衣，一边微笑着说："你怎么认为呢？"

西塞丽蹲坐在希娃身边，双手握着膝盖，歪着头疑惑地望着希娃，就像一个犯了错的小孩儿一样。

"我不知道，我从没想过这个问题。"西塞丽说。

"那么现在想想，你认为自己是个自大的人吗？"

西塞丽叹了一口气，说道："也许，我真是个自大的人。"

"如果只考虑自己而忽略了他人的感受，这样的人才是任性而自大的人。看着自己心爱之人承受痛苦却无能为力才是世上最痛苦的事情。"希娃说。

西塞丽皱起了眉头，说："但是，我不明白，为什么爸爸妈妈都认为格兰特是个好丈夫，这不公平。"

希娃轻咳一声，说："对格兰特不公平？还是你的父母不公平？"

西塞丽说："我认为对两者都不公平。作为岳母，妈妈本应该和我站在同一个战线上，可是妈妈并不怨恨格兰特，反而像其他人一样无动于衷，使我陷入两难的境地。在爸爸看来，格兰特是个好男孩，而我总爱小题大做、大惊小怪，把事情搞得越来越糟糕。"

"那么你觉得你是那样的人吗？"

西塞丽眨了眨眼睛。她觉得自己好像突然被电流击中了，带着哭腔说："不！我才不是呢！如果有一天，你发现你的丈夫仅仅为了贪图你的钱财才选择和你结婚，那种感觉真是太可怕了！"说完，西塞丽的脸上流下了两行泪水，"祖母在世的时候曾经告诫我，不要被眼前的事物迷惑心智。当年祖父正是为了祖母娘家的家产才选择和祖母结婚，看看祖母的不幸婚姻就知道，我和格兰特的婚姻注定是一场悲剧。祖母很疼爱我，她不喜欢她的儿子和儿媳妇们，觉得他们是一群贪图钱财的败家子。祖母曾说过，要把毕生的财产转移至我的名下，并告诫我诸事要小心，因为家族中的每个人正虎视眈眈地盯着这份巨额财产。祖母还说，我的长相一般，思想单纯，没有哪个男孩会真心爱上我，他们肯娶我终究还是为了那份财产。"

希娃轻咳一声，说："这真让人百口莫辩啊。"

"有些事，你明明已经忘记，却在不经意的时候回忆起来。"她停顿了一下，深深地吸了口气，"就像可怜的艾伦·卡德。祖母曾留给她五百英镑，然后她带着这些钱嫁人了。人人都知道，艾尔伯特比艾伦小15岁，然而艾尔伯特最后还是把艾伦娶回家了。为什么？还不是因为艾伦手里的钱。"

"艾伦的婚姻确实是不幸的。女人应该有更多的自尊。正如莎士比亚说：'女人应该嫁个年长的男子，如此，小鸟依人般陪伴左右。'"

"呵呵，然而艾伦并没有像莎士比亚大师说的那样，她嫁给了一个比她小15岁的年轻男子。祖母去世后，我曾想过将这份遗产转让给爸爸，求爸爸分给弗兰克一部分遗产。我本意是想在我成年前由父母负责保管这份遗产，但他们并不同意我的想法。我认为祖母说的不全是正确的，至少格兰特不是那种贪恋钱财的少年。我们相爱了，结婚了，可婚后三个月，我才幡然醒悟，祖母的话终究还是对的，格兰特之所以和我结婚，全因祖母留给我的那笔遗产。但一切都太晚了，我的婚姻不是单纯的爱情，而是构筑在金钱之上的贪婪和虚荣。于是，我搬回了娘家。"西塞丽说完，脸上泛起了红晕，她用手拭去脸上的泪水，起身走到钢琴边，翻开琴盖，"我从未将这些话告诉过谁，希娃，今天我把心里话全都和你说了，有时候，找个人吐吐苦水真开心。对了，您不介意我弹奏一曲吧？"

第三十章
我要回家

时间一分一秒地过去了。10 点过后，弗兰克走进了客厅，希娃正在壁炉边织毛衣，西塞丽正坐在钢琴边如痴如醉地弹奏着交响曲。

"有什么新线索吗？"西塞丽停止了弹奏，问道。

"没有。"弗兰克答道。宠物狗布兰布尔从炉火边起身，来到弗兰克的脚踝下不停地嗅着他的裤腿。

"你吃饭了吗？"西塞丽问。

"吃过了。"弗兰克说。

"要不要喝点咖啡？"

"好的，谢谢。"

"不客气，我去去就来。"说完，西塞丽走出客厅，小狗布兰布尔尾随其后。

弗兰克坐在壁炉旁。他又冷又累，警局的晚餐很糟糕。他从来没有像现在这样如此讨厌一件案子。借着温暖的炉火，弗兰克和希娃攀谈起来。

此时，西塞丽端着热咖啡向客厅款款走来，她隐隐听到屋里传来弗兰克和希娃的低语声，出于好奇，她把咖啡放在门外一把破旧的椅子上，像艾格尼丝一样，轻轻地将客厅门拉开一个小缝，她真想听听弗兰克这次又会带来什么新线索。

"今晚我得收拾行李，明天早上我不得不离开这里了。兰姆总督察命令我回到镇上警局工作，村里的工作过两天交由他人处理，不过，我倒是很想跟完这个案子。"弗兰克说。

"你在这个时候从案子中退出来，等于向村民公开承认海瑟薇先生是凶手。"希娃说。

弗兰克说："我不能待在这里。格兰特·海瑟薇是西塞丽的丈夫。如果他真是凶手，太尴尬了。为了西塞丽，为了莫妮卡婶子，我必须离开。"

"你也认为格兰特·海瑟薇是凶手？"希娃问。

"他有嫌疑，目前来说，我也不确定他是不是凶手，但艾尔伯特·卡德也具有作案嫌疑。虽然卡德有三个不在场的证明，但陪审团听了卡德的情人梅西特·雷尔的证言后不一定能相信卡德所说的话。然后是马克·哈洛。露易丝·罗杰斯发现抢劫犯的当晚，马克、格兰特还有卡德三人正在布尔旅店酒吧喝酒，但麻烦的是，我们谁也不知道露易丝认出的抢劫犯究竟是谁，唯一的线索就是露易丝在楼上认出的丢打火机的男子正是当年抢她的珠宝的那名抢劫犯。那名男子的手上有一道伤疤。露易丝慌忙之中穿上大衣赶往楼下时，马克三人已离开布尔旅店。偏巧，某人在布尔旅店遗落一封标注海瑟薇住址的信封，因此，露易丝根据信封的地址找到海瑟薇家中。1月8日晚4点半至5点半期间，露易丝遇害前曾来过海瑟薇家，与格兰特·海瑟薇有过接触交流。而海瑟薇家女仆恰巧偷听到二人的对话，艾格尼丝遭到解雇后，羞愤难堪，一气之下跑到警局举报格兰特·海瑟薇是杀人凶手。艾格尼丝长久以来一直暗恋着雇主格兰特·海瑟薇，格兰特在这三个关键时间节点没有不在场证明。他有可能在书房将露易丝杀害，但这种作案手段很有风险。而艾格尼丝说只听见了二者谈话的一小部分，此时露易丝已经死亡，格兰特将尸体搬上汽车后驶离海瑟薇庄园。随后，他从汤姆林农场来到教堂，在教堂里停留一个半小时后回到家中。"

这时，门外的西塞丽吱嘎一下拉开客厅房门，她脸色苍白，神情凝重，径直走向弗兰克，将手中的咖啡杯递给弗兰克，说："刚才你们说的话我都听到了，如果这件事牵扯到格兰特和我，请你们尽管告诉我！"

弗兰克挑挑眉，说："妹妹。"

西塞丽坚定地说："别拿我当小孩了，我是格兰特的妻子。快告诉我格兰特怎么了，我向你保证我绝不会和别人说。"

弗兰克不由自主地看了看希娃，希娃微微点了点头。

"如果你不说，那么我去找兰姆总督察问个明白！"西塞丽跺着脚，转身就要离开。

　　弗兰克一把拦住西塞丽，"好了，西塞丽，冷静点，坐下。"弗兰克一边安慰着西塞丽，一边拉着她的手坐下。西塞丽的双手冰冷得像个小雪球。"西塞丽，我不知道你听到多少，但事情确实不容乐观。"弗兰克说。

　　西塞丽凝视着弗兰克，她的心随着弗兰克的叙述提到了嗓子眼，整个人沉浸在弗兰克的描述之中，周围静得连希娃手中棒针交错的声音都听得一清二楚。西塞丽从未如此关心过格兰特，虽然她恨透了格兰特的虚荣和对金钱的贪婪欲望，但事关格兰特的安危，她还是迫不及待地想知道格兰特的处境。

　　弗兰克仔细回想着几天来掌握的线索，说道："马克当晚也在布尔旅店喝酒。我们从格兰特家调查完就去马克家了。马克说周五他独自一人出门遛弯，一路上并没有看见什么人。随后，他来到兰顿城，在兰顿城影院看了一场电影。周六，也就是露易丝尸体被转移当天，他再次出门散步，并且一路上并未碰见什么人。1月16日，星期六，他到兰顿城和朋友一起吃午餐，大约7点半，马克开车到达家中。这期间，马克有充足的时间骑着自行车来到汤姆林农场将玛丽·斯托克斯杀害。他不会傻到开车来作案。总而言之，马克和格兰特都具有重大的杀人移尸的嫌疑，根据梅西特·雷尔的证言，卡德暂不具备作案嫌疑。我们现已查证，露易丝遇害前曾去过格兰特家，并且和格兰特有过短暂的谈话。但露易丝已死，格兰特就说不清自己的嫌疑了。说到抢走露易丝珠宝的那个抢劫犯，露易丝曾告诉费朗，她对抢劫犯的手印象很深刻，因此我认为卡德的嫌疑最大，因为卡德的左手第一根指节是残缺的，让人过目不忘。而格兰特的手上确实有一道浅白色的小伤疤，马克·哈洛的右手手背上有条深深的刀疤。马克的手形看起来和常人不一样，很奇怪，食指比其他四个指头长出一截，大拇指还……"

"怪不得马克弹琴的时候音调总是不对，因为他的食指是双关节。"西塞丽抢先说道。

"问题是，一个完整的双关节手指会给露易丝留下深刻的印象吗？相反，在手电筒的灯光照射到抢劫犯的手掌的那一瞬间，我觉得卡德残缺的手指关节反而更能让她过目不忘。相对来说，一个残缺不全的指关节更会引起别人的注意。"弗兰克说。

西塞丽站了起来，说道："谢谢你，弗兰克。"然后，她大步流星地走出客厅。

"凶手锁定为本地人，他熟知木屋的传说以及木屋的地点和构造。除了本地人，外地人没有杀害玛丽的动机。也就是说，凶手就是 1 月 14 日晚在布尔酒吧喝酒的三人——卡德、格兰特和马克当中一人。"弗兰克说。

"你觉得哈洛先生这个人怎么样？"希娃问。

弗兰克冷冷地说："呵呵，除了能写写曲子，其他一无是处。他写的那些曲子都是激烈的曲调，太过于暴力，让人听着很不舒服。我去他家调查的时候正赶上他在作曲，他最烦别人在他作曲时打扰他，艺术家嘛，都这样，脾气很暴躁。不过他见到警察后反而变得很和蔼，积极配合警方的工作。这家伙是个甩手掌柜，一问三不知，他的证言查不出什么突破口。坦白地说，兰姆总督察被马克气得肺都快炸了。你要是看见兰姆总督察的脸色就知道马克是个不好对付的人。马克甚至说不出在哪看的电影以及电影情节，他声称看电影时满脑子想的都是他的原创曲子。"

希娃微笑着说："兰姆肯定会没好气地训斥他吧。"

弗兰克哈哈大笑，说道："什么事都瞒不过你！"

"弗兰克，电台已经在6点钟的时候播报警方快讯了。"

"我正要告诉你呢，蓝灵顿镇里有个咖啡馆曾经打来电话，说露易丝失踪当天曾独自一人待在这家咖啡店直到下午2点半，期间，露易丝还向店员询问去往兰顿城的路怎么走。所以，之前史密斯的猜想肯定不成立了。"

"弗兰克，你认为费朗先生是个什么样的人？"希娃问。

"你觉得史密斯的推理有可能成立？费朗是个热血青年，露易丝曾是他的偶像，他得知露易丝的死讯后，很难过，不过我认为费朗不可能是凶手。"弗兰克说。

"先别急着下结论，万事皆有可能。"希娃摇摇头说。

话音刚落，西塞丽推开门，她穿着毛皮大衣，手里提着一个行李箱向希娃走来。

"希娃，等我父母回来的时候，麻烦您转告他们二位，我已经搬回海瑟薇家了。"说完，西塞丽头也不回地走出客厅。

"等下，西塞丽！"希娃赶忙制止西塞丽。

弗兰克急忙站起身，大声喊道："西塞丽！"

"我说了，我要回家。"西塞丽回过头，望着弗兰克和希娃二人，眼里闪烁着晶莹的泪花。

"万一莫妮卡婶子回到家中找不到你，问起你的下落，怎么办？"弗兰克说。

西塞丽说："你可以告诉她，我回海瑟薇家了。"

"这是什么话？你难道不等父母回来的时候亲口告诉他们吗？"

"不必了，别弄得兴师动众的。"西塞丽望向希娃说道，"请您转告我的妈妈，我和格兰特的事情由我自己处理，和他人无关。如果格兰特真的是嫌疑犯，我有必要回海瑟薇家算清我们俩之间的这笔账。我不想让大家认为我和格兰特在这起命案里有任何关系。"

"西塞丽，凶手是他们三人中的某人，但事情没搞清楚前，你最好还是等一下吧，别冲动。"弗兰克说。

"格兰特不是凶手，希娃，你能帮帮我们吗？"西塞丽哀求道。

"亲爱的西塞丽……"希娃还没说完，西塞丽就急切地乞求道："弗兰克说您是神探，没有您破不了的案子，对吗？这个关头，我希望您能帮帮我和格兰特。"

"亲爱的，我的职责是找出真相。"希娃说。

"这正是我想要的。"西塞丽说。

"你对格兰特有信心？"希娃问。

"是的。"西塞丽斩钉截铁地答道。

"万一你的直觉错了呢？万一真相和你想象的相差甚远，不尽如人意怎么办？"希娃问。

西塞丽涨红了脸，说："那比谎言要好得多！我要知道真相！

你会接手这个案子的，对吗？”

"嗯。"希娃说。

第三十一章
马克来访

　　西塞丽终究还是没有听从弗兰克和希娃的劝告，她带着自己心爱的宠物狗布兰布尔离开了阿伯特别墅。

　　"我得为兰姆总督察准备一份 précis。说实话，我不知道précis 用英文怎么说，但我必须找个同义词替换一下，否则兰姆又该刨根问底，没完没了。兰姆听不懂费朗的法式英文，什么都问我，顺便问一下，希娃，précis 在英文中指的是什么？"弗兰克问。

　　"总结报告。"希娃答道。

　　"好极了，希娃，我去书房写总结，等莫妮卡婶子回家了，麻烦你将西塞丽的话转告给她。"

　　"好的。我想莫妮卡听完应该不会生气。"希娃叹口气。

　　"唉，谁知道呢，这可说不准啊。这件事其实挺棘手的，好了，别担心，船到桥头自然直。"说完，弗兰克站起身来，离开了客厅，向书房走去。

西塞丽带着爱犬布兰布尔已离开了娘家，弗兰克回到书房编写案情总结报告，偌大的客厅中，只剩下希娃依旧独自坐在壁炉旁织毛衣，通红的火苗在炉膛内急促地燃烧着，周围静得只听见希娃手中的棒针咔咔作响。

10 点半，廊厅入口传来一名男子的说话声："不必通报了，我直接进去好了。"来者不是别人，正是马克·哈洛。马克拒绝了门房的通报请求，径直走进客厅，他的头发被初春的大风吹得像个鸡窝一样，乱七八糟的。马克一边向客厅四处张望，一边问道："西塞丽呢？"

希娃微笑地回答道："哈洛先生，快请进。"

马克·哈洛三步并作两步，坐在希娃对面的椅子上，再次问："西塞丽去哪了？我想找她谈谈。"

希娃抬起头，打量着眼前的马克·哈洛，正如弗兰克所说，马克看起来确实很有艺术家气质。她说："海瑟薇太太已经搬回海瑟薇庄园了。"

"什么！"马克惊呼道。

"我说她已经搬回海瑟薇庄园了。"希娃平静地说。

"你胡说！"马克瞪大了双眼，腾地一下从椅子上站起来，几近咆哮般地大喊。

"哈洛先生，请你冷静。"

片刻，马克才回过神来，轻笑道："对不起，希娃，我为刚才的失态行为向您道歉。可是，您一定是搞错了，除非地球毁灭或者世界末日到来，西塞丽是不可能搬回海瑟薇庄园的。"

希娃轻声咳了一下，说："您凭什么认为西塞丽小姐不会回到海瑟薇先生身边呢？"

他猛地坐在弗兰克坐过的椅子上，说："哼，那个弗兰克·阿博特是干什么吃的，他怎么不拦住西塞丽？！难道他不知道格兰特·海瑟薇是这两起命案的犯罪嫌疑人吗？西塞丽在这个时候搬回海瑟薇庄园不是自讨苦吃吗？！万一让西塞丽看到格兰特被逮捕的那一刻怎么办？"

希娃疑惑地望着马克，问道："警方为什么要逮捕格兰特·海瑟薇先生？"

"哼，警察有一百个理由逮捕格兰特！"马克愤愤地说，"警察现在就该把格兰特抓捕起来！西塞丽的父母在家吗？"

"他们出门了，还没回来呢。"希娃说。

"弗兰克手里肯定掌握了海瑟薇的犯罪证据！"马克生气地说。

"哈洛先生，警方现已掌握哪些证据证明凶手是海瑟薇先生？"希娃反问道。

马克心中一惊，思忖片刻，一边假装倒咖啡，一边小心翼翼地说道："肯定有很多证据，但我没想到西塞丽会在这个时候搬回海瑟薇庄园。西塞丽和你说过我刚才曾经打来电话这件事吗？她其实不想让我来家里做客，但今晚我总是有一种强烈的预感，这种预感鬼使神差地把我带到这里。我深爱着西塞丽，可西塞丽的心却在格兰特那里。"

"哈洛先生，你为什么认为格兰特就是两起命案的凶手呢？"
希娃一边飞快地交叉棒针，一边询问马克。

"警察说的。但我对谁是凶手并不在乎，我更在乎西塞丽的
安危。这件事千万别把西塞丽搅和进来。"

"警方怎么认为？"希娃问。

马克耸耸肩，轻松地说："他们怎么会告诉我，但事实很明朗，
格兰特的嫌疑最大，我真后悔那天和格兰特在布尔酒吧喝酒，还
让他搭顺风车回家，瞧瞧，现在把我也牵扯进来！那晚，他独自
一人在酒吧喝酒，我和司机在后院停车位等了他半天，他回来的
时候我看他往裤袋里塞个什么东西，鼓鼓的，露易丝·罗杰斯紧
随格兰特追到停车场。"

"你说露易丝·罗杰斯跟着他来到后院停车位？"

"对啊，还好露易丝拿到的那个信封地址是格兰特家，否则
警察肯定把我也列入嫌疑人名单中。我和格兰特都在法国战争期
间当过兵，露易丝并没有来过我家，反而直奔海瑟薇家。"

"真是意想不到！"希娃惊叹道。

"因此我很担心西塞丽的安危。"马克摊开双手，耸耸肩。

"你觉得海瑟薇先生真的是……"没等希娃说完，马克抢先
说道："格兰特·海瑟薇是不是凶手跟我无关，我只关心西塞丽
目前是否平安！"

"你觉得海瑟薇先生认识露易丝吗？"

"肯定认识，否则他不可能杀害露易丝。"

　　"但你怎么知道格兰特见过露易丝？"希娃眯起双眼，盯着马克问道。

　　马克先是怔了一下，继而尴尬地笑了笑，说："呵呵，我瞎猜的。"

第三十二章
回归海瑟薇庄园

　　西塞丽开着车缓缓驶入车道，她的脑海中不断地浮现出格兰特的面容，但西塞丽并未做好搬回格兰特农庄的心理准备，她觉得这一切来得太突然，必须赶在父母回家前离开阿伯特别墅。即便此时此刻西塞丽不顾一切阻拦赶回格兰特家中，她不知今后该如何面对格兰特，以及那个多事的管家巴顿夫人。生活在格兰特·海瑟薇这样的大家族中，一切隐私最后都会变成公开的秘密，那么多双眼睛在暗地里注视着西塞丽的一举一动，她的一颦一笑都会引发一场无谓的中伤和诽谤。

　　爱犬布兰布尔蹲坐在副驾驶的座位上，它将头探出车窗外，迎面而来的气流令它兴奋地狂吠，西塞丽为避免引人注意，时不时地命令布兰布尔禁止发声，布兰布尔呆呆地望着西塞丽，凑到西塞丽身边舔舔自己的鼻子，像个孩童一样哼哼唧唧。车子后座摆满了布兰布尔的生活用品：狗笼、睡毯以及食盒。西塞丽被布兰布尔的窘样逗得开怀大笑，这个小家伙貌似对她们即将去往何处还一无所知。

不一会儿，西塞丽开着车来到海瑟薇庄园后院，后院大门一如既往地敞开着。西塞丽将车子停在车库中，此时天色已经很晚了，西塞丽不知道格兰特和巴顿夫人是否已经就寝。西塞丽心想：还好身上带着一把房门的备用钥匙。但愿格兰特这家伙没上门闩，否则备用钥匙也无法打开门闩。

西塞丽锁好车门，来到廊厅。她抬头望一眼书房，书房里还亮着灯光。啊！格兰特还在工作！想到这里，西塞丽的心跳不觉加快，她闭上双眼，深深地吸了一口气，以此缓和紧张的心情。她蹑手蹑脚地来到书房的窗户外，透过虚掩的窗帘向里张望，是格兰特！他像是刚刚从外面回到家中，身上的雨衣还没来得及脱下。书房中的家具和摆设依然保持着西塞丽离家时的位置与布局。

西塞丽不想让格兰特发现自己已搬回家中。她在口袋里快速地摸索着钥匙，但是出乎她的意料，备用钥匙竟然不见了。这可吓坏了西塞丽，她焦急地将口袋翻个底朝天，可是西塞丽不得不接受这个现实：钥匙不翼而飞。西塞丽甚至想不起来钥匙究竟会丢在何处。"真该死！"西塞丽抱怨着自己的粗心大意。丢钥匙这件事对于西塞丽还不算特别糟糕，至少她还有两种途径进入别墅。第一，如果一楼的客厅或者厨房的壁灯还亮着，那么意味着巴顿夫人并未就寝，西塞丽可以在门厅按下门铃，巴顿夫人即可为她打开别墅大门。第二，西塞丽可以敲响书房的窗户，尽管她并不打算这么干，但这也是无奈之选。

西塞丽悄悄地来到书房窗户下，这时，书房里的灯灭了。西塞丽不得不折回别墅的后门，她徒手扒开被常春藤遮挡的窗户，纵身一跃，跳过窗台，像只小兔子一样蹦进黑暗的厨房。借着客厅里微弱的灯光，西塞丽赶忙走到门厅，将大门打开，从车里取出行李箱和布兰布尔。

布兰布尔见到西塞丽后猛扑过去，兴奋地发出尖叫，西塞丽抱起布兰布尔，一脸宠溺地摸摸布兰布尔的头，突然，布兰布尔面向大门方向，本能地发出呜呜的警告。巴顿夫人不知何时站在了西塞丽的身后。

自从村里发生两起命案以来，管家巴顿夫人独自在家的时候心中总是惶惶不安，生怕接下来发生什么意外。然而令巴顿夫人没想到的是，西塞丽竟然回来了！

"你好吗？巴顿夫人。很抱歉我这么晚回家打扰到您。但是我今天听说了艾格尼丝的事，我想我最好还是搬回庄园吧。你去找格兰特先生，让他把布兰布尔的用品拿到我们卧室去。"没等巴顿夫人反应过来，西塞丽开口说道。

"可是格兰特先生并不在家啊。农场里一头泽西种乳牛得病了，他在农场安排兽医看病，得很晚才能回家，因此我没敢睡觉，门也没上锁。"巴顿夫人一脸彷徨地说。

"巴顿夫人，我刚才看见书房里还亮着灯呢。"说完，西塞丽走进别墅，绕过走廊拐角向书房奔去，她早已按捺不住心中的激动，想在第一时间告诉格兰特：海瑟薇夫人——西塞丽已正式回归格兰特庄园。当西塞丽打开房门的一瞬间，她惊呆了，黑暗的书房里却空无一人。

第三十三章
平静的一夜

　　话说西塞丽不顾弗兰克和希娃的劝阻，义无反顾地搬回格兰特的家中。她曾无数次地幻想过二人见面时的场景。西塞丽不明白，格兰特明明在家，而巴顿夫人为什么说他在农场，难道格兰特真的变心了吗？西塞丽来到客厅，巴顿夫人跟随在西塞丽身后，说道："夫人，也许格兰特先生刚才在书房取东西的时候你正好回来了，然后他又走了。他一定是自己用钥匙打开的房门，否则我肯定能听见敲门声。您离开家里的这段时间，我将您的床铺定期通风，因此您的床铺不会潮湿。对了，昨天艾格尼丝将床垫和床单放在壁炉前烘烤过了，很干爽的。"

　　在巴顿夫人的安排下，西塞丽住进了一间宽敞明亮的卧房。鲜艳的窗帘，整洁的床铺，洁净的窗户，一尘不染。梳妆台上空荡荡，什么都没有，数月前，西塞丽将一切用品搬回了娘家。衣橱和抽屉里除了一些家居被褥以外再无其他女人的衣物。午夜12点，西塞丽听见门厅开门声以及随之而来的脚步声。没错，这一定是格兰特回来了，他迈着沉重的脚步缓缓地逼近卧室，西塞丽不知该如何面对他，格兰特见到她会是怎样的表现。惊喜？惊吓？抑或平静得毫无反应？西塞丽不知自己该不该像个家庭妇女一样，放好洗澡水，端一杯热茶或咖啡送到格兰特面前。

正当她犹豫不决的时候，格兰特回到了隔壁的房间，他将脚上的皮靴重重地扔在地上，皮靴的声响弄醒了还在梦呓中的布兰布尔。格兰特并未察觉妻子西塞丽已搬回家中。不久，隔壁的房间里传来了格兰特的呼噜声。西塞丽独自躺在大床上，怀里抱着两个热水瓶，心里默默地数着大厅里的时钟发出的咔哒声，一声，两声，三声……

渐渐地，西塞丽进入梦乡。恍惚中，她穿着一袭白色婚纱独自走在一条又黑又长的道路上，没有灯光，没有房屋，没有星星，没有路人，周围空荡荡的。不知何时，格兰特·海瑟薇站在自己的面前，她微笑地向格兰特说："我，西塞丽，从即日起嫁给格兰特为妻，无论生老病死，无论富贵贫贱……"没等说完，一阵风起，头上的面纱忽然吹到她的脸上，怎么也掀不开，把她憋得喘不过气来，而格兰特在她的面前消失得无影无踪……

西塞丽猛地从床上坐了起来，她揉了揉迷离的双眼，原来是场噩梦！

第三十四章
青花瓷里的钻石耳环

西塞丽醒来时，天已亮了，格兰特早已离家外出。

巴顿夫人将早餐送到西塞丽的卧房。"先生早上匆匆地吃了点早饭，没多说什么就走了。"巴顿夫人一边倒牛奶，一边向西塞丽解释道。

西塞丽睁大了双眼，带着试探的口气问："他知道我回来了吗？"

巴顿夫人摇摇头，说："不知道，你不说他是不会知道的。"巴顿夫人将布兰布尔的狗窝挪到墙角，"我想布兰布尔应该看见了早上发生的一切。"

西塞丽失望地低下了头，喃喃地说道："格兰特从不在意我。这个时间，他一定出门了。"

吃过早餐，穿戴整齐的西塞丽便投身家务之中。

一顿饭的工夫，电话响了。莫妮卡打来电话，说："孩子，你的离开对我和你父亲来说真是太突然了。你在格兰特家还好吗？他们有没有把你怎么样？"莫妮卡一连串的问题掩饰不住作为一位母亲内心的焦虑与担心。

"这话要是让巴顿夫人听见，她会生气的。放心吧，妈妈，昨晚我的房间里的炉子就没断过火。"西塞丽安慰道。

"可是,孩子……"莫妮卡似乎还想说什么,西塞丽抢先说道:"妈妈，还有什么事吗？要是没有别的事，我还有很多家务活要做呢。"

"哦，没什么。"莫妮卡欲言又止，她没有多说什么，于是挂下手中的听筒。

挂断电话，西塞丽继续做起家务活，不知不觉，她来到休息室，自从西塞丽离家后，这间休息室再无人来过。休息室的墙角放着一幅巴顿夫人年轻时的画像，画像栩栩如生，西塞丽很难想象年轻时的巴顿夫人是个端庄俊美的妇人。画上蒙着一层白色幔帐，由于长期无人打理，幔帐上积满了一层厚厚的灰。

1点钟，格兰特回来了，没等他进门，布兰布尔在门厅的台阶上就兴奋地呜呜直叫，似乎在迎接男主人格兰特的回归。格兰特摸了摸布兰布尔的头，打开大门，他看见西塞丽一手拿着簸箕，一手拿着扫帚正在打扫旋梯台阶。

格兰特对西塞丽的突然造访显得并不惊奇与兴奋，他皱起眉头，盯着西塞丽问道："你在干什么？"

"我是女仆啊。"西塞丽一边说，一边把头发掖在耳后。

"什么意思？"格兰特问。

"我听说艾格尼丝被辞退了，我想我还是搬回别墅帮巴顿夫人打理家务。"西塞丽说。

"什么时候回来的？"

"昨晚。"

格兰特死死地盯着西塞丽，看得西塞丽心中慌乱起来，她不知自己做错了什么，竟惹得格兰特像拷问犯人一样。突然，一阵急促刺耳的电话铃声划破了尴尬冷凝的平静。格兰特二话不说，奔向书房。

大约两分钟后，格兰特回到西塞丽身边，他低下头，压低了声音，冷冰冰地说："你最好搬回阿伯特别墅，你不该回来。"

"为什么？"西塞丽一脸疑惑地说。

"照我说的做。"格兰特坚定地说，"你心里清楚为什么！你已经离家几个月了，为什么选择这个时间搬回来！"

"我凭什么不能搬回来？"西塞丽生气地问道。

"因为我很可能会被逮捕的！"格兰特咬着牙一字一顿地说。

"格兰特！"西塞丽哭着说。

"听我说，西塞丽，刚才的电话是兰顿城警局打来的，他们要传唤我，我说我下午2点以前在外出差。警方已将我列入头号嫌疑犯，即便今天下午我没有被警方逮捕，也有可能被警方实施拘留处分。所以，你最好离开海瑟薇庄园，搬回娘家。"

"不，我回来就是为了帮你。"西塞丽说。

格兰特愣了一下，半晌，他的脸上挤出一丝笑容，说："呵呵，你忘了，我是神算子，不是凶手，对不对？你还是回娘家躲一躲，你在这儿反而帮不了我什么忙。西塞丽，麻烦叫巴顿夫人给我弄点吃的，在去警局前我得吃点东西垫垫肚子，哦，对了，我临走前还要见见约翰逊，跟他交代一下农场的事项。我走的这几天，农场所有的事就拜托他了。"

过了一盏茶的工夫，格兰特用餐完毕，将农场的大事小情向约翰逊一一交代清楚后，来到西塞丽面前，说："西塞丽，如果我今晚被警方拘留了，巴顿夫人会派人把你送回阿伯特别墅。"

"我不走，格兰特。"西塞丽说。

"听我的，天黑前赶紧回去！"格兰特皱起眉毛，在西塞丽耳边喃喃地嘱咐着。说完，格兰特离开了别墅。

没多久，屋外飘起了小雨。巴顿夫人穿好大衣，戴上帽子，她要去街边的拐角等待前往迪平村的大巴车。西塞丽提出开车送巴顿夫人，但被巴顿夫人婉言拒绝了。

"夫人，别看我老了，但我不糊涂，我带了雨衣和雨伞，这点毛毛雨不算什么。艾格尼丝离职后，安妮·斯特德曼会接替她的工作。安妮是我二表姐丽迪雅·伍德的女儿。她正好在镇上找工作，但没找到称心的。我让她来家里当保姆，并不是为了挤兑艾格尼丝，也不是因为艾格尼丝工作失误，说实话，艾格尼丝对先生有了非分之想，她僭越了一名女佣的职责。这种事我见得多了，结果都很惨，所以我那天给艾格尼丝发出警告，提醒她作为一名家仆该尽的义务和职责。"巴顿夫人向西塞丽道出了原因，作为海瑟薇家 30 年的老管家，她可谓是尽心尽责。格兰特将海瑟薇庄园的家务事全部交给巴顿夫人处理是明智的选择。西塞丽很感激巴顿夫人为自己乃至海瑟薇家族所做出的一切牺牲。

　　巴顿夫人走后，别墅里只剩下西塞丽和爱犬布兰布尔。西塞丽很好奇艾格尼丝此时身在何处？她为什么去警局告发格兰特？西塞丽深知，艾格尼丝的证言可以拯救格兰特，也能将格兰特推向万丈深渊。西塞丽真后悔，她早该跟随格兰特一同前往兰顿警局，至少她可以坐在警局外的长椅上，以便第一时间得到警方答复。

　　又是一个漫长的下午。西塞丽本该牵着布兰布尔在街上遛弯，但此时的她坐在电话机旁，生怕错过任何一个电话。也许格兰特或是弗兰克会在不久后打来电话。如果是弗兰克的电话，他带来的会不会是个坏消息？西塞丽不敢再往下想，她将布兰布尔脖子上的牵绳解开，任由布兰布尔撒欢地奔跑于各个房间。她已顾不上调皮的布兰布尔将整洁一新的房子糟蹋成垃圾场。墙上的时钟铛铛铛地连敲了三下，西塞丽的心提到了嗓子眼，她相信不久之后，一阵急促的电话铃声便会穿破这座寂静的别墅。

　　初春的天气总是像小孩的脾气一样，乍暖还寒。西塞丽起身走到壁炉前，抱起一摞木柴，准备生火。她不经意地向炉台上一瞥，正好看到一个青花瓷瓶伫立在炉架上。瓷瓶里还插着几缕干枯的树枝。她依稀记得瓷瓶里的玫瑰花还是她在 8 月份采摘的。而此时，物是人非，时过境迁，鲜红芬芳的玫瑰花早已变成灰黑的干枝，不复往日的光鲜。西塞丽凑到花束前，嗅了嗅，虽不如鲜花那般浓郁芳香，但如美酒一样甘醇香甜。西塞丽忍不住将手伸进瓷瓶，意图拔出干枝，就在她的手触碰到瓶底的时候，她在一堆干叶之中摸到一个坚硬的环状物。这是什么东西？西塞丽好奇地从瓷瓶中掏出，定睛一看，原来是一枚亮闪闪的钻石耳环。

第三十五章
黎明前的黑夜

　　兰姆总督察坐在兰顿警局审讯室的桌子旁，他正仔细地阅读着证人证词。

　　"弗兰克，我以为会有什么新进展，但看了这些证词以后，我发现一切还是回到了原点。行政长官已经催了好几遍，问怎么还不结案，我没有再拖延的借口了。"兰姆将身上的大衣脱下，搭在椅子扶手上。室外的天空笼罩着一层迷雾，灰蒙蒙的，飘零的细雨吹打在玻璃窗上发出啪啪的响声，又是一个寒冷而刺骨的天气。兰姆走到壁炉前，向炉膛里扔进几块木料。他摘下帽子，顺手一扔，帽子正好落在大衣上。

　　"请格兰特进来。"兰姆说。

　　"等一下，总督察。"弗兰克急忙说道。

　　"怎么了？"兰姆不解地问。

"希娃对案情有些新的见解。"弗兰克解释道。

兰姆不耐烦地嘟囔说:"你们搞什么鬼?"

"总督察,马克·哈洛昨夜前去阿伯特别墅,找我表妹西塞丽探讨音乐。但是,马克扑了个空,西塞丽已搬回海瑟薇别墅居住。"

"西塞丽搬回海瑟薇别墅了?"兰姆问。

"是的,西塞丽听说格兰特的处境十分糟糕,因此她决定搬回格兰特家中。而马克先生昨晚倒是和希娃进行了一场促膝长谈。"

兰姆嘟囔着说:"希娃想干什么?"

"马克·哈洛听到西塞丽搬回婆家后表现得很低落、失望。在布尔旅店当晚,马克曾看见格兰特慌忙地将什么东西揣进衣兜。现在回想起来,马克敢确定,格兰特揣进衣兜的正是露易丝所谓的打火机。随后,马克看见露易丝·罗杰斯尾随格兰特追到布尔旅店后院停车场。马克向希娃幸灾乐祸地说道:'还好露易丝拿到的那个信封地址是格兰特家,否则警察肯定把我也列入嫌疑人名单中。我和格兰特都在法国战争期间当过兵,露易丝并没有来过我家,反而直奔海瑟薇家。'"

兰姆瞪大了眼睛,面带愠色,说道:"弗兰克,我真搞不懂你和希娃究竟要干吗?"

"可是,总督察,你再仔细想想,马克·哈洛怎会知道露易丝曾去过格兰特·海瑟薇家中?这件事除了你、我、史密斯、艾格尼丝以及格兰特本人,还有谁知道?是谁将这件事透露给马克·哈洛的?不是你也不是我,更不会是史密斯。而艾格尼丝在昨晚5点和格兰特发生争吵后直接来到警局报案。那么说说格兰特·海瑟薇，他没有理由向马克·哈洛透露自己曾和露易丝·罗杰斯有过接触。除了格兰特和艾格尼丝，那么只有露易丝本人有可能告诉马克·哈洛她曾去过格兰特家中，并且和格兰特有过短暂的接触。"

兰姆转了转眼珠，陷入思考，许久，弗兰克开口说道："一切都不好说。也许艾格尼丝和马克互不相识。也许，他们以前是熟人，艾格尼丝当天的状态真是差到极点，为了报复格兰特，她想借哈洛之手搞垮格兰特。正在气头上的艾格尼丝什么事都做得出来。"弗兰克坐到椅子上，"另一方面，不排除格兰特·海瑟薇打电话给马克·哈洛的可能,因为露易丝坚信抢劫犯就在格兰特、马克以及卡德三人之中，即便她认出不是格兰特，她一定会追问格兰特其他二人的详细信息。"

"你说格兰特不是凶手？"兰姆眯起双眼说道，他的眼中闪现一丝狐疑。

"露易丝从格兰特家打探出马克、卡德二人的下落后开车离开格兰特家，而格兰特通过电话将露易丝的踪迹以及目的告知他的朋友马克·哈洛，在去往马克·哈洛家的路途中，露易丝遇到了卡德或者马克。"

"那么卡德的证言作何解释呢？"兰姆问。

"希娃觉得他的证言有诈。总督察，如果格兰特是凶手，他怎会主动打电话给马克·哈洛？这不是将自己暴露了吗？我们一直被马克的说法蒙蔽了，他的证词将警方慢慢地引入一种误区：格兰特是露易丝生前最后见过的人，那么格兰特就是杀害露易丝的凶手。"弗兰克说。

"是啊!"兰姆惊叹道。

弗兰克向前探了探身子,凑近兰姆,说:"总督察,马克明知海瑟薇和两起命案并无关联,他却故意将命案和格兰特·海瑟薇联系在一起。马克在和希娃交谈的时候,句句直指格兰特就是凶手。"

兰姆说道:"先将艾格尼丝的证言放一边,以待考证。马克指控格兰特是凶手这一说法现在还不能加以定论。如果格兰特·海瑟薇是凶手,他不可能向马克打电话说自己见过露易丝。如果他不是凶手,他会打电话告知马克,露易丝已追到村里,提醒马克多加小心。即刻传唤格兰特·海瑟薇,以证实格兰特在露易丝走后是否曾向马克·哈洛家中打过电话。同时,派出警员询问马克如何知晓露易丝和格兰特的会面。他们二人孰是孰非现在还不好说,但至少可以从二人口中获得更多的线索和发现。"

第三十六章
惊魂之夜

　　西塞丽望着手中的钻石耳环，心中五味杂陈。她怎么也不会想到，格兰特居然将一枚硕大的白金钻石耳环藏在书房的青花瓷瓶中。她忽然想起弗兰克说过，死者露易丝·罗杰斯曾佩戴一对钻石耳环，而玛丽·斯托克斯曾目击凶手杀害并藏匿露易丝尸体的全过程，那枚离奇失踪的耳环就此成为追凶的关键证据。这么说来，西塞丽手中的这枚耳环也许正是凶手寻找的另一枚耳环，而这枚耳环恰巧出现在格兰特的书房内！想到这，一种莫名的恐惧感涌向西塞丽心头。

　　凶手究竟是谁？难道是格兰特？西塞丽不禁打了个冷战。不！格兰特不会是凶手！西塞丽转念一想，如果格兰特是凶手，他为什么不把这么关键的物证随手扔到树林中或是农田里？如果格兰特是凶手，他把这枚耳环带回家并且存放在自己的书房内无异于引火烧身，格兰特不至于傻到这个分儿上。

西塞丽呆呆地凝视着这枚亮闪闪的耳环，忽然，书房的门被打开了，西塞丽抬起头看见马克·哈洛向她走来。瓢泼的大雨将马克·哈洛的雨衣冲刷得像抹了橄榄油一样闪闪发亮，雨水顺着他的雨衣和乌黑的发梢滴滴答答地流淌下来。

"我来之前给这里打过电话，但无人接听。"马克说。

"格兰特去兰顿城警局了，巴顿夫人去镇上了。"西塞丽说。

"西塞丽，我想和你谈谈。"马克说着走到西塞丽面前。

"好。"西塞丽下意识地握紧双手，她不想让马克看到那枚耳环。

"我浑身湿透了，等我把雨衣脱下。"说完，马克将雨衣的一只袖子脱了下来。就在那时，西塞丽恰巧看到马克的雨衣袖子上有一块深色的补丁。这个补丁她见过！原来在她搬回海瑟薇庄园的那天晚上，那个躲在书房里的人居然是马克，不是格兰特！

"好，马克，正好我也想和你聊聊。"西塞丽强装镇定，说道，"你偷了我的钥匙，潜入了格兰特的书房，对吗？"

马克一脸狐疑地望着西塞丽，问："你的钥匙？"

"是你从我的包中将钥匙偷走了。"西塞丽说。

"我？"马克愈发纳闷。

"对，是你，马克，你偷走了我的钥匙，偷偷地潜入格兰特书房，那晚，我在书房看见的人其实是你！"西塞丽说。

"听我说，西塞丽！"马克急忙解释道。

"我那晚回到格兰特家，但找不到备用钥匙，无法进入别墅，于是我来到书房的窗户前，你干的那些事都被我看见了。"西塞丽愤懑地说。

马克的脸涨得通红，他温柔地对西塞丽说："你说什么，我怎么听不懂。"

"呵呵，别以为我没看见，你在壁炉上的青花瓷瓶里放了东西，我清楚地看见你的雨衣袖口有个同样的补丁。而且，我也知道你放在青花瓷瓶里的东西是什么。"

"我不知道你在说什么。"马克说。

西塞丽冷笑道："明天我要去警局举报你，我们是好朋友，那么我有必要在去警局之前让你知道你犯了什么罪。"说完，西塞丽展开手掌，一只钻石耳环出现在马克眼前。

马克盯着钻石耳环，半晌没说出话，他抬起头，猩红的双眼凝视着西塞丽的脸，说："你要把这件事告诉警察？"

"是的。"西塞丽说。

马克苦笑道："好吧，西塞丽，我猜除了警察，还有一个人你想要告诉，那就是格兰特，对不对？我没想到你能傻到这个地步！"

马克的脸像翻书一般，霎时间变得诡异而狰狞，他说："有时候，一个人的贪欲远远超出了这个人的想象，飞来横财之时，那种喜悦的心情难以描述，贪婪的欲望会促使你不断地攫取财富，根本停不下来。你很难想象，露易丝带着一大箱珠宝踏上枪林弹雨的逃难之路有多艰辛。天空的轰炸机在头顶上方盘旋，她随时随地都有丧命的危险。对于露易丝·罗杰斯来说，珠宝和命比起来哪个更重要？！即便我不抢，那些德国佬也不会放过露易丝，与其这些珠宝被德国佬抢走，还不如便宜了我。"

"所以，是你抢了露易丝的珠宝？"西塞丽问。

"对，没错，是我。"马克答道。

"呵呵，让你没想到的是，露易丝终究躲过了那场战争。"西塞丽轻蔑地笑了笑。

马克冷笑了一声，压低嗓音说道："要怪就怪她记性太好了，运气太差，这么多年过去了，她居然还能认出我！那天在布尔旅店，她居然通过我的嗓音以及我的手认出了我，天啊，她居然能记得手上的疤痕！"马克边说边把手摊开。没等西塞丽缓过神来，马克快速地将手掌揣进雨衣口袋，淡然地说道："如果在露易丝找到我之前，格兰特能提前给我打个电话，报个信，事情就不会这么糟糕。你在行车路上碰见我那天，我正在遛弯，一辆开着远光灯的轿车迎面而来，随后轿车停在我身边，车窗摇了下来，一个操着法国口音的时髦女人问我：'请问前方是马克·哈洛的家吗？'我说是，她又问：'你是马克·哈洛吗？'我应允道。她说我的打火机落在布尔酒店，她根据一封信找到格兰特家，并根据格兰特的指引找到了我，当我的一只手搭在她的车窗上，她看见以后忽然叫嚷起来，嘴里大骂，说我在法国战争期间抢了她的珠宝，真是无巧不成书，我没想到在这儿遇见了她！我试图捂住她的嘴，阻止她叫嚷，不想让人听见我们的谈话，但遭到她的激烈反抗，于是我顺手拿起路上的石块砸向她的头，她倒在车里，死了。"

西塞丽紧紧地握住手中的那只耳环，听马克说完，她不禁瑟

瑟发抖，这还是那个温文尔雅的文艺青年马克吗？她怎么也不敢
将马克和杀人犯画上等号。只能发生在噩梦中的剧情没想到真实
地发生在朋友马克的身上。

"我把露易丝的尸体拖到死人林中，把车开到贝辛斯托克的
一间汽车修理铺前。随后，我乘坐 6 点 20 分的火车潜回兰顿城。
7 点半，我用公用电话给那间修理铺打去电话。当然，我是个心
思缜密的人，不会把自己的真名告诉那家修理铺工人。随后，我
去电影院看了一场电影后返回家中。处理尸体可是一个麻烦事，
不过木屋倒是一个不错的藏尸点。小时候，我看过格雷小姐的父
亲写过一本书，书中介绍的是木屋的种种传说。我叔叔的祖母是
汤姆林家族的后人，关于这间木屋，他再熟悉不过了。叔叔在世
时曾经带我去过那间木屋，还教我如何打开木屋地下室的门，所
以我能准确地找到木屋，不费吹灰之力将露易丝的尸体藏进地下
室。"

马克用手掸了掸头发上的水珠，说："等到天黑，我把露易
丝的尸体搬到木屋地下室里，这是个体力活，不巧的是，当我把
尸体拖到地下室门口的时候，借着手电筒的灯光，我无意间发现
她的耳朵上只剩下一只钻石耳环，突然，我听见外面有人嗖的一
下从窗户前跑过去，那人跑得太快，我根本追不上。于是，我赶
紧回了家。令我没想到的是，两个小时后，玛丽·斯托克斯居然
当着全村的人说她在树林里看见一个女尸，只可惜，她被吓得话
都说不明白了，露易丝的尸体并不在树林里，所以警方在树林里
一无所获。当天半夜，我再次潜回木屋，将尸体藏匿在地下室的

石板底下。我觉得我做的一切简直天衣无缝！"说完，马克的脸上露出一丝诡谲的笑容，阴森而冷酷，他慢慢逼近西塞丽，悠悠地说道："西塞丽，一切水落石出，真相大白，你知道得太多了。你还有什么要问的吗？"西塞丽一步一步地向后踱步，低声说道："天网恢恢，疏而不漏，你犯下的罪行迟早会受到法律的判决。"马克大喊道："玛丽·斯托克斯活该！要不是她多嘴，村里人谁会在意一个疯子说的话！怪就怪她上周六来我家送鸡蛋，居然企图勒索我！上周六，我在回家的路上碰见玛丽，她看见我的手后威胁我，说她要去警局举报我在木屋所做的一切，毫无疑问，她就是那天躲在木屋外的那个人，只不过她跑得太快，我怎么可能让这么重要的目击者活在世上，她必须得死！于是，我表面迎合她，提出和解的要求，约她在马厩里见面详谈。乔·坦伯利送玛丽回家后，玛丽又偷偷地溜出来，来到约定地点。她太天真了，以为我真的妥协了，怎么可能！我早已埋伏在马厩的草堆里，没等她反应过来，我一个健步冲上去，直接要了她的命。呵呵，她甚至都没来得及大声呼叫，到死都不知道我是个军人，练过锁喉功。西塞丽，我不明白，你究竟为什么非要搬回海瑟薇别墅？一旦警方确认，露易丝死前曾和格兰特有过最后一次接触，警方势必会对海瑟薇别墅进行搜查，你手中的钻石耳环会是最好的证据，证明格兰特就是凶手！实话告诉你，露易丝的尸体处理完后，我在树林里找到了这枚耳环，为的就是有朝一日将杀人的罪名嫁祸给格兰特。"

西塞丽听了马克的一席话后，倒吸了一口气，手心和身上不自觉地渗出许多冷汗。

"呵呵，警方一直寻找的另一枚耳环在你的手上，西塞丽，你知道了我的秘密，必须得死！等到警方赶到海瑟薇庄园的时候，你已经是一具冰冷的死尸。警方看见你手中的耳环，没理由不怀疑格兰特才是杀害露易丝、玛丽和你的凶手。坦白地说，我真心想和你结婚，和你结婚以后，我就能够名正言顺地拥有你的所有家产。不过，格兰特是个大麻烦，他阻碍了我的计划。于是我杀了露易丝，将耳环放在格兰特书房内的瓷瓶中，造成假象，意图嫁祸格兰特。至于玛丽，她根本不在我的计划范围之内，她的死纯属是个意外。"马克露出了招牌式的笑容，说："西塞丽，该说的我都说了，我知道，你在等别人来救你，对吗？"

"但是，千算万算，你算错了一步，马克。"西塞丽说。

马克望着西塞丽，问道："什么？"

"如果格兰特是凶手，他怎会傻到将这么重要的物证放在自己的家中呢？那么格兰特杀我的理由又是什么？"西塞丽反问道。

"别废话了，西塞丽，你以为你很聪明吗？我告诉你，格兰特杀害你的理由、动机和杀害玛丽·斯托克斯一样：你们知道得太多了！你在他的家中找到了露易丝的另一只耳环，格兰特怕事情败露，因此杀人灭口，就这么简单。"

马克一步步地向西塞丽逼近，西塞丽踉跄地退到书桌旁，像个困兽一样，惊恐万分，为了一线生机而不断地挣扎。忽然，楼下传来阵阵的呼喊声，西塞丽像抓住救命稻草一般，竭尽全身力气大声地呼喊。马克见状不妙，一手钳住西塞丽正在挥舞的胳膊，另一只手死死地捂住她的嘴，吃力地将她拖到门后，弱小的西塞丽拼命地捶打着马克的双臂，却无济于事。他已不再是从前的那个温文儒雅的马克，站在西塞丽面前的是一个穷凶极恶、罪恶滔天的野兽！西塞丽使出吃奶的劲挣脱开马克的钳制，她跑向窗户前大声呼喊，这时，马克正要举起椅子砸向西塞丽，西塞丽就势抓起桌上的墨水瓶向马克的脸砸去，慌忙地打开了窗户，纵身一跃，跳出窗外，投入了格兰特·海瑟薇的怀抱中。

第三十七章
原来是你

话说格兰特匆匆地告别西塞丽后，独自来到了兰顿警局。在弗兰克的带领下，格兰特来到了审讯室，兰姆总督察正襟危坐在审讯桌前，他在此早已恭候多时。

"下午好，海瑟薇先生，我们还有两个问题想请问一下，希望您不会介意。"兰姆说。

"哦，当然不会。"格兰特回答道。

"在你和露易丝的交谈中，露易丝是否向您说过，她是如何找到你的地址和你的姓名的？"

"说过，她说当晚我在布尔旅店留下一封信，有人把这封信交给了她，然后她就按照信封上标注的地址以及姓名沿途打听，来到我家。"

"她这么说的？"

"是的。"

"她曾经问过和你一起在车上的两个人是谁吗？"

"问过。"

"你告诉她了？"

"是的。"

"然后她走了？"

"是的。"

"她去找那两个人了？"

"她没说。"

"你把马克·哈洛的地址以及姓名告诉了露易丝？"

"她问过我马克家的住处。"

"她没说她要去马克家吗？"

"没说。"

"她故意不说？"

"我不知道。"

"露易丝离开后你曾给马克打过电话，告知马克露易丝正在去往马克家的路上吗？"

格兰特先是一惊，然后说道："没有。"

"你和哈洛先生的关系怎么样？"

"我们俩从来没有红过脸。"

"听起来关系很一般嘛。"

"我从来没有和他争吵过。他和我不是一个层次的人。"

"但是 1 月 4 日，你却搭乘马克的车回到了家中。"

格兰特笑笑，说："从兰顿返回镇上的城际列车末班车早已停运了，我只能搭马克的车回家。"

"你确定你从未给马克·哈洛打过电话，告知露易丝的去向？"

"我确定。"

"露易丝曾来过你家这件事，你和谁提过吗？"

"谁也没说过。"

"你确定？"

"非常确定。"

"甚至对你的妻子也没说过吗？"

"我为什么要和她说？"

"我在问你，你是否和西塞丽提起过？"

"没有。"

"其他人呢？"

"没说过。"

"为什么？"

格兰特轻声笑了笑，说道："三点原因。第一，我没兴趣；第二，我是个大忙人；第三，我自己的事情都忙不过来，哪有时间理会这些乱七八糟的。"

许久，兰姆对格兰特说："哈洛知道你见过露易丝。"

"那一定不是我说的。"格兰特说。

"好吧，你一再否认曾经将此事告知马克以及其他任何人，警方也在调查马克·哈洛究竟从谁的口中知道这件事的，我想最好的办法就是直接去迪平村找马克问个明白，格兰特，你可以走了。"兰姆说。

根据兰姆总督察的指示，梅警官开着警车将格兰特和兰姆一行人送回迪平村，车子驶进村口时，格兰特突然说道："如果你们要拘留我，我能回家拿点东西吗？""格兰特，谁说要拘留你？你可以回家了。别担心。"兰姆似笑非笑地说。

警车刚停在格兰特别墅门前，书房中传来西塞丽的尖叫声。格兰特、弗兰克、兰姆以及梅四人来不及多想，立刻向书房冲去。这时，一个弱小的身影从书房的窗户上落下，是西塞丽！眼尖的格兰特在慌乱之际用双臂抱住了西塞丽的身体。惊恐的西塞丽向眼前的格兰特哭诉着说："马克才是凶手，他杀了玛丽和露易丝！刚才我差点被他杀死。"弗兰克和兰姆赶忙跑进书房内，眼前的一幕令二人瞠目结舌。书桌旁，满脸血迹和墨水的马克跪在地上，一边喘着粗气，一边恶狠狠地盯着他们，那枚消失已久的钻石耳环赫然出现在地板上。马克见大势已去，拭去眼睛上的墨水，冷笑道："呵呵，我终究还是输了。"

兰姆提高了声调，一字一顿地说道："马克·哈洛，我警告你，海瑟薇太太指控你意图行凶。你还有什么可说的？"

"没错，我承认，我才是杀害玛丽和露易丝的真正凶手。"说完，马克·哈洛瘫软在地上。

第三十八章
破冰

　　面对警方种种有力的证据，马克·哈洛没有再狡辩，他对自己犯下的两起杀人案供认不讳，一切真相大白，水落石出。马克被弗兰克押解到警车内，带回了兰顿警局。小村的噩梦终于结束了。

　　一切尘埃落定，书房中只剩下了西塞丽和格兰特这对小冤家。

　　格兰特躺在长椅上，望着坐在炉边的西塞丽说："西塞丽，我们能谈谈吗？"

　　"不。"西塞丽说。

　　"我们是时候该开诚布公地谈谈了。"

　　西塞丽摇摇头，格兰特从长椅上坐了起来，将身前的茶桌移开，说："西塞丽，不如我们试着重新开始。"

　　西塞丽依然默默地摇摇头，对于不谙世事的西塞丽来说，这一夜是她人生中最难忘的惊魂之夜，一切只能在小说或者新闻中出现的离奇剧情，没想到今时今日会发生在自己的头上。曾经亲密无间的好朋友马克，一夜之间变成穷凶极恶的杀人凶手，自己险些命丧黄泉。

格兰特深情地望着惊魂未定的西塞丽，说道："请再给我一次机会，西塞丽，在你离家出走的这段时间里，我才真正地意识到你在我心目中的重要性，你认为我是一个贪恋钱财的人，你错了，我不是那样的人，我有时真的搞不懂你的心里究竟是怎么想的，我们的婚姻到底出现了什么问题？你为什么忽然间搬出海瑟薇庄园？"

"你不该这么对我！"西塞丽直起腰板，愤怒地说道。

"对你怎么了？"格兰特高声喝道。

"格兰特！你不该亲手将那封信交给我！"

"什么信？"格兰特露出惊诧的表情。

"表妹菲利普寄给你的信！"

"你能告诉我信里写了什么吗？"

"你真的不记得了？"西塞丽哭着说。

格兰特半蹲在西塞丽面前，说："我真的不记得我说过或做过什么惹你不开心的事。如果我说过，你尽可能地告诉我。"

"真的吗？"西塞丽疑惑地望着格兰特。

"你把那封信拿出来，咱们当面对质。"格兰特拍着胸脯说道。

"算了，我告诉你吧，你出去那天，恰巧我来到书房，看到一封信放在你的桌上，于是我便拆开看了，信的第三页，你的表妹菲利普写道：'我很同情西塞丽·阿伯特，你娶她，是因为她是个有名的小富婆，从你来信的口吻中，我听得出你很勉强地接受了这桩婚事，不过听别人说，西塞丽是个不错的小姑娘，她的祖母艾芙琳把所有的遗产全部都留给了她。虽然西塞丽长相一般，但她是唯一的法定继承人，表哥，别担心，你会慢慢地接受相貌平平的西塞丽的。'"

格兰特听到此处，不禁脸色大变。

"不，西塞丽。"格兰特急忙解释道，"你听我解释，亲爱的，那封信有诈。"

"什么？"西塞丽吃惊地望着格兰特。

"亲爱的，你注意到那封信的落款日期了吗？"格兰特问。

"我没注意。"

"那封信你保留了吗？"格兰特问。

西塞丽咬着牙，愤怒地说："你觉得我会吗？我把它撕碎烧了！"

格兰特忽然大笑起来，说："呵呵，西塞丽，你看那封信的落款日期是去年1月。"

"1月！可是她明明在信里称天气很热啊！"西塞丽被格兰特搞得一头雾水。

"因为表妹身在南非啊，所以那边的天气在1月份仍然是夏天呢。上学的时候老师没教过你吗？"

"天啊！我怎么没想到。"西塞丽惊呼道。

"是的，西塞丽，听我说，当时我的确需要支付高额的死亡税，菲利普在信中调侃我，让我娶个有钱人家的姑娘——玛丽。第一次在舞会上见到你的时候，我深深地被你吸引住了，你是个温柔大方、善解人意，并且很有主见的女孩，从来不会抱怨命运的不公。"

"我和妈妈当时正因为一顶帽子闹意见，我想戴那顶帽子出席舞会，可是妈妈不同意，我不想成为别人的布偶任人摆弄，我是个大人，有属于自己的想法和观点。"

"西塞丽，"格兰特单膝跪地，紧紧地握住西塞丽的双手，说，"如果马克今晚真的得手了，恐怕你和我早就阴阳两隔了。正如马克所说，我肯定会被警方拘留逮捕，到那时，真正的命案凶手仍然逍遥法外。亲爱的，看着我的眼睛，想想我们以往美好的时光，想想我们在一起难忘的记忆。我变卖了珠宝换来钱财存入银行，以此逃避死亡税责。我做的这一切全是为了你。我们刚刚经历了一场生死考验，西塞丽，难道你还不相信我是爱你的吗？"

"我相信。"

"你爱我吗？"

"爱。"西塞丽破涕为笑，投入了格兰特的怀中。

格兰特紧紧地拥抱着怀中的西塞丽，说："在此之前，我们已经浪费了太多的时间，从今以后，就让我们好好享受这份难得的真情。"

第三十九章
离别只为更好的重逢

　　骇人听闻的小镇连环凶杀案终于告破了，希娃即将离开迪平。兰顿警局内，兰姆接到了一个来自伦敦警局的电话，几分钟后，兰姆挂下了电话，长长地舒了一口气。

　　"按照伦敦警局的要求，明天我得去那里进行述职汇报。希娃，我们之前好像在哪见过吧？"

　　希娃笑而不语，并没有回答兰姆的问题，反而和兰姆唠起了家常。"您夫人的身体好点了吗？上次我们见面的时候，她患有咳疾，希望她一切安好。"

　　"哦！对了，我们确实见过面！她好多了，谢谢您的惦念，希娃。"兰姆礼貌地回应道。

　　"您的女儿莉莉生了个儿子，对吧？现在应该有七个月大了吧。"

"快八个月了，准确地说，快一岁了，莉莉说儿子特别像我。"

"真幸福。维奥莱特怎么样了？"

"他要结婚了，日子定在复活节那天。他在房屋中介公司工作，很不错。孩子大了，该另立门户，搬出去住了，虽然我妻子不想让儿子搬走。"

希娃点点头，说："您说的没错，年轻人更应该独立些。默特尔订婚了吗？"

兰姆笑了笑，说："她已经订婚了，但是这孩子还不想结婚，她有自己的想法和主张。我妻子不理解她，说我把默特尔惯坏了。你知道默特尔是我的小女儿，她是我的掌上明珠。"

"呵呵呵，你确实是把她惯坏了。"希娃笑着说。

"看见年轻的海瑟薇夫妇重修旧好，我很是欣慰。如今，许多家庭的婚姻都存在某些问题，每个人都过分地忙于自己的事业而忽略家人的感受，其实只要两个人能心平气和地沟通一下，什么问题都会迎刃而解，不攻自破。希娃，这次多亏了你为警方提供的重要情报，要不是你发现了马克在你的面前露出的马脚，警察不会在这么短的时间内将真正的凶手缉拿归案！格兰特和西塞丽都对你感激不尽。"

"这就是天意。"希娃说。

第二天，希娃受邀来到阿伯特别墅做客，她拒绝了西塞丽的感谢费。

"希娃，谢谢你救了我！"西塞丽眼中充满了泪水。

"不必如此，孩子，事情都过去了，找出真凶是我应该做的，愿你的生活从此幸福快乐。"希娃微笑着说。

两天后，弗兰克去伦敦探望不辞而别的希娃，发现她正在拆一个包裹，包裹里是一个银色玫瑰花瓶，花瓶中插着一簇青白色风信子花束和一张小卡片。弗兰克心想：这束花一定是格兰特或者西塞丽为了答谢希娃的救命之恩而精心挑选的礼物。

希娃激动地对弗兰克说："西塞丽他们真是太好了，送给我这么美丽的花，还搭配漂亮的花瓶，真令我太感动了，我想起一句名人说的话，'女人和男人的关系，就像美好的音乐不能缺少华丽高雅的歌词'。你看这些柔弱的风信子，只有装在花瓶里，才能骄傲挺拔地盛开。"

从以往的接触中，弗兰克深知希娃拥有超群的智慧和高尚的人格，但眼下，他觉得无论用什么语言也表达不了自己对希娃的崇敬之情。他觉得下次遇见堂妹西塞丽时，可以对她说："你今后的生活将会像插在美丽花瓶里的风信子一样，沐浴着旖旎的阳光，充满着幸福的味道。"他沉浸在这种想象之中，突然想起兰姆总督察经常说的一句法语——"说得真好"。

《女神探希娃》系列悬疑推理小说全集（32册）

　　帕特丽夏的系列侦探推理小说以各种谋杀案为叙事主题，设置悬念，故事情节惊险曲折，引人入胜，构思令人拍案叫绝，赢得了英国民众喜爱，在英国媒体《每日电讯》和犯罪文学协会举办的公众评选投票中名列前茅。不仅如此，该系列小说在美国、德国、法国、荷兰、意大利、葡萄牙等国广为流传，并跻身各国畅销书排行榜前列。

　　主人公希娃小姐是帕特丽夏塑造得最为成功的一个人物。读者把希娃小姐与柯南道尔塑造的福尔摩斯、阿加莎•克里斯蒂塑造的波洛相提并论。福尔摩斯善于推理，于种种细节中抽丝剥茧，得出案件的真相；波洛其貌不扬，有特殊的洁癖，却有着敏锐的观察和判断能力；而希娃小姐则善于伪装，深入到受害者家中，与各位嫌疑人对话。三人探案风格可谓大相径庭，带给读者别样的阅读体验！